Marie Cardinal est née le 9 mars 1929 à Alger. Père industriel. Etudes secondaires et supérieures, moitié à Alger, moitié à Paris. Baccalauréat de philo à Paris en 1945. Licence de philosophie à Paris en 1948. Diplôme d'Etudes Supérieures de philosophie sur « Philon d'Alexandrie ». Prépare l'agrégation, mais se marie en 1953. Trois enfants. Professeur de philosophie à Salonique, Lisbonne, Vienne et Montréal de 1953 à 1960. Puis arrête la carrière professorale. Journaliste freelance, donne régulièrement des articles dans différents hebdomadaires tels que L'Express, Elle, *etc. Marie Cardinal est l'auteur de nombreux romans qui, tous, ont obtenu un très grand succès (citons, notamment,* La Clé sur la porte, Les Mots pour le dire, Les Grands Désordres*) et d'un essai-théâtre,* La Médée d'Euripide *(Grasset, 1987).*

Deux femmes. Complices, cousines, amies, elles se parlent et, dans leurs mots, toutes les rumeurs de l'époque, toutes les petites ironies de la vie.
La chute du mur de Berlin, les amours enfuies, le temps qui passe, la fin du communisme, un cimetière profané, le mirage des jours heureux, le sublime et le dérisoire, la grande histoire et la petite, les souvenirs d'une année particulière – tant de bruit pour rien ?
A quoi tiennent le bonheur et l'effroi ? D'où vient la solitude, et où nous mène-t-elle ?

Paru dans Le Livre de Poche :

LA CLÉ SUR LA PORTE.
LES MOTS POUR LE DIRE.
AUTREMENT DIT.
UNE VIE POUR DEUX.
CET ÉTÉ-LÀ.
AU PAYS DE MES RACINES.
LE PASSÉ EMPIÉTÉ.
LES GRANDS DÉSORDRES.

MARIE CARDINAL

Comme si
de rien n'était

ROMAN

GRASSET

1001655584

2246411815   T

Pour Louise et Isadora.

Bouleversée, elle a raccroché le téléphone.
Elle se met au lit.
...

Solange Dumont fait des mots croisés, elle cherche des mots.

Depuis qu'elle est veuve c'est sa principale occupation, chercher des mots. Il vaudrait mieux dire que c'est son passe-temps préféré parce qu'elle a beaucoup d'autres choses à faire. Son ménage, ça lui prend du temps. Son marché, ça lui prend encore plus de temps. Sa chienne; elle n'est pas difficile, Mira, mais il faut quand même s'en occuper. Et puis surtout la boutique : quatre heures par jour. Quatre heures, d'après l'arrangement qu'elle a fait avec Monsieur Grémille... mais c'est plutôt cinq heures, et même des fois six heures, qu'elle y reste. Elle aime ça.

Elle aime tout ce qu'elle fait.

Madame Lamantin se lamente. Elle se lamentait déjà avant de connaître Monsieur Lamantin.

Nicole a un soutien-gorge et un slip blancs. Elle enfile des bas blancs. Elle met des chaussures blanches. Elle passe une blouse blanche. Avec des pinces blanches elle fixe sur ses cheveux blonds une coiffe blanche, coquette et raide. Elle se poste devant le miroir qui est au-dessus du lavabo pour l'ajuster. Elle sourit à son reflet. Elle est infirmière. Cette nuit elle est de garde à l'hôpital.

...
Elle se met au lit.

Elle tire le drap et la couverture de coton jusque sous son menton. Elle les tient ferme, comme si elle s'agrippait à un bastingage. Elle est très attentive, elle est captivée par l'instant qu'elle vit.
...

Monique a acheté du fil, des aiguilles, du gros-grain, des boutons, des pressions, de la tresse. Elle est restée une heure au rayon mercerie du Bon Marché pour assortir les couleurs du gros-grain, de la tresse, du fil et des boutons avec son tissu dont elle a un échantillon.

Une fois rentrée chez elle, elle débarrasse la table où se trouve encore son bol de café de ce matin, elle enlève les miettes de biscotte. Elle passe une éponge pour s'assurer que c'est propre, des fois qu'il resterait une petite goutte de confiture ou un tout petit bout de beurre.

Voilà, maintenant elle étale l'étoffe bien à plat, elle pose le patron de papier dessus, l'épingle, et avec les longs ciseaux lourds elle taille le tissu au ras du papier. Ça fait un bruit efficace : gron-gron-gron-gron.

Elle allume parce que le soir tombe. Elle a son mètre autour du cou. Elle reproduit exactement les mesures du modèle. Toutefois, elle prend soin d'ajouter un centimètre dans les longueurs parce qu'elle est grande et de retrancher un centimètre dans les largeurs parce qu'elle est maigre. Elle ajuste les morceaux en les faufilant à un doigt du bord. Elle faufile aussi les pinces, comme sur le modèle. Ce n'est pas un modèle difficile : une petite robe toute simple.

De temps en temps, tout en travaillant, elle jette un coup d'œil sur la photo de l'enveloppe qui contenait le patron. Elle voit une jolie jeune femme qui sourit. À côté de la jeune femme, sur une table ancienne, sont posés un bouquet de lilas et une capeline à longs rubans mauves. Elle, Monique, elle n'aura pas de capeline, c'est dommage, c'est joli une capeline. Mais que diraient ses collègues si elle arrivait au bureau avec une capeline ! Elle sourit en cousant. Plus personne ne met de chapeau aujourd'hui. Sauf en hiver, des fois, un bonnet ou un béret.

Elle n'a plus qu'à piquer à la machine maintenant, à fixer le gros-grain de la taille, et à coudre la tresse de l'ourlet. Les finitions, quoi.

Elle va d'abord manger un peu.

Mademoiselle Aymard a sa chambre dans l'école. Le matin elle est dans la cour avant l'arrivée de la première externe. S'il pleut elle est dans le hall d'entrée. Après la cloche, quand tout le monde est en classe, elle attend encore un peu pour intercepter les retardataires. Elle note leurs noms sur le carnet qui est glissé dans sa ceinture. Autour du cou elle porte un collier en matière plastique noire avec un sifflet à roulette en sautoir. C'est un cadeau de sa mère. Quand il n'y a plus personne, qu'elle n'entend plus un bruit, elle ouvre la porte où est inscrit « Surveillante Générale », elle entre dans la pièce et referme la porte sur elle.

— Gisèle, c'est quoi ce bruit ?
— Quel bruit ?
— Dehors.
— C'est les poubelles.
— À cette heure !
— À cause du marché, c'est mercredi. Laisse-moi dormir, Germaine.

Mimi A. est une divorcée. Dans son milieu, à l'époque, le divorce ce n'était pas rien. D'autant plus qu'elle avait un enfant, un fils.

Sa famille se coalisa pour justifier le scandale. Ils décidèrent de plaider tous la même cause, une cause qui, d'après eux, serait nécessaire et suffisante : Mimi avait épousé un salaud. Chaque membre interpréta sur ce thème une variation qui lui fut propre. Pour la mère, le mari de Mimi fut un aventurier, pour le père un jean-foutre, pour les trois frères un sale con, un vicieux, et un couillon, pour la grand-mère un coquin, etc. En échange d'une telle protection Mimi promit de ne plus recommencer : elle ne se remaria jamais. L'honneur fut sauf.

...

Elle est très attentive, elle est captivée par l'instant qu'elle vit. Qu'est-ce qui se passe en ce moment ? Rien.

Rien. Elle est rien. Comment est-on rien ? Est-ce possible ? Elle est une femme, elle a des enfants, un mari, des petits-enfants, elle respire, elle vit. Elle n'est donc pas rien. Et pourtant, oui, elle est rien.

Ça sert à quoi toute une vie si c'est pour en arriver là ?

...

Les petites Langelier sont des jumelles monozygotes. L'une a eu ses premières règles en janvier, l'autre en février.

Elle savait qu'il partirait, qu'elle ne le reverrait plus, que c'était inéluctable. Depuis trois mois qu'elle le rencontrait chaque nuit, elle avait appris à le connaître, elle était certaine qu'il ne changerait pas d'idée, qu'il s'en irait.

Ils s'aimaient tant, ils étaient si heureux d'être ensemble qu'ils ne se déliaient jamais quand ils se retrouvaient : des heures et des heures dans les bras l'un de l'autre à rire, à pleurer, à gémir de plaisir. Ils se caressaient, se léchaient, se suçaient, comme s'ils avaient été des cornets de glace, des bonbons, des caramels pour les deux gourmands qu'ils étaient. Lèvres contre lèvres ils se murmuraient des choses belles et graves : le meilleur d'eux-mêmes, leurs âmes. Les baisers si longs, si doux qu'ils se donnaient étaient des « je t'aime » autant que des « adieu ». Ce départ leur était une torture.

Un soir, n'en pouvant plus, sachant que c'était elle qui souffrirait le plus – puisqu'elle resterait alors qu'il s'en irait –, ce soir-là, parce qu'elle avait vu le sac de voyage sorti, ouvert, où s'empilaient déjà quelques affaires, elle avait dit : « C'est fini, je ne veux plus te voir, c'est la dernière fois, c'est fini. » Alors, il avait pris le visage de Simone dans ses mains et son regard d'homme, tout en flattant ses yeux, sa bouche, les ailes de son nez, ses tempes, avouait : « C'est bien, je t'aime. Je vais partir, je t'aime. Tu me libères enfin, je t'aime. » Puis il l'avait raccompagnée chez elle.

Devant la porte de l'immeuble ils se sont dit adieu sans se toucher, sans se regarder. Elle a monté les marches, est entrée dans l'ascenseur, a fermé la vieille porte ferraillante, a appuyé sur le bouton du cinquième, tout ça sans se retourner. L'ascenseur en bringuebalant s'est élevé.

Elle, à l'intérieur d'elle-même, hurlait comme une folle : « Mon amour, mon bien-aimé, mon gars, ma beauté, mon chéri, ma vie, mon trésor, ma douleur. » La souffrance était atroce, insupportable. Elle a ouvert brutalement la porte. L'ascenseur s'est arrêté entre deux étages. Elle a sauté dans le vide. Elle aurait pu se casser les jambes, elle n'y a pas pensé. Elle aurait pu attendre quelques secondes l'étage suivant. Elle n'y a pas pensé.

Elle veut le retrouver, c'est tout.

Elle dévale les étages. Où est-il? Son immeuble se trouve à un carrefour. Laquelle des quatre directions a-t-il choisie? Elle croit l'avoir perdu. Dehors, les trottoirs sont vides. Aucun bruit de pas. Elle voudrait crier mais c'est impossible : son cœur fait un tel tintamarre, il a pris tant de place qu'elle étouffe. Elle tourne en rond. Dedans elle prie : « Mon Dieu rendez-le-moi. Mon Dieu, faites que je le retrouve. Mon Dieu, s'il vous plaît rendez-le-moi. Mon Dieu, dites-moi où il est. »

Il n'est pas loin, il est là, contre le mur de la pharmacie du coin. Il est là son grand gars dégingandé. Il est là, face au mur, les bras levés, les mains jointes, le front appuyé dessus. Mais qu'est-ce qu'il fait là mon bien-aimé, debout, le dos tourné au monde! Elle s'approche doucement. Mais qu'est-ce qu'il fait donc? Il pleure. Il pleure à petits sanglots étouffés de garçon. Elle glisse son bras autour de sa taille, en le frôlant à peine. Il pivote lentement. Il la voit. Ils sanglotent comme des fous dans les bras l'un de l'autre. Le bonheur.

Madame de la Porte met son chapeau à fleurs et ses gants de filoselle pour la messe de onze heures. En hiver elle met sa toque de velours et ses gants de chevreau noir.

– Eh bien, Mimi, hier après-midi votre Lech Walesa a failli devenir premier ministre.

– Oui, je l'ai cru. Heureusement, cette nuit il a refusé.

– Pas fou ! Walesa est un homme de médias, un tribun, il est fait pour exalter les foules, pas pour les gouverner.

– C'est un héros, presque un mythe. Quand on pense à l'électricien de Gdansk. Il a commencé en 81, lui, avant Gorbatchev, avant la perestroïka. Et pourtant, comme il reste humble.

– C'est le privilège des curés : très forts sur les grands principes, ils n'ont aucun intérêt à se salir les mains dans la pratique.

– Oh, vous !

La femme de l'épicier ne travaille pas dans la boutique de son mari. Tous les soirs elle est là. Elle reste debout entre la caisse et le rayon des vins. Elle sourit. Elle n'est pas jeune et pourtant il y a de la fraîcheur en elle. En plus de son sac à main elle porte toujours une serviette de cuir brun. Elle attend que ça ferme.

Monsieur Gornet a fini sa journée, sa femme aussi.

Il fait froid. Le vardar souffle depuis trois jours. Ça gèle. Ce matin elle a mis du papier journal dans ses chaussures, elle avait peur d'avoir froid aux pieds : deux pages de l'édition internationale du *Monde*, en papier pelure. Son mari la regarde faire, il trouve que c'est une bonne idée, il dit qu'il va l'imiter.

Le mercredi c'est sa grosse journée : six heures de cours, trois fois deux heures. Aujourd'hui, révision des pronoms relatifs.

Simone arrive au lycée avec une demi-heure d'avance pour préparer le tableau noir. En haut elle écrit : qui, que, quoi, dont, où, lequel, etc. Puis elle fait des colonnes : sujet, complément direct, complément indirect, etc.

Dans la journée elle va de l'estrade au tableau, souvent.

Maintenant c'est le dernier cours, elle est fatiguée. L'enfant s'est arrêté de bouger dans son ventre. C'est toujours comme ça quand elle est fatiguée. On dirait qu'il la surveille, qu'il se méfie. Elle se lève pour corriger un élève qui est au tableau; elle reprend l'explication. Elle va, elle vient devant l'estrade, elle parle. Son ventre est lourd. Ils rient. Un d'abord, puis deux ou trois, au premier rang, et puis d'autres. Pourquoi ? Pourquoi rient-ils ? Elle pense que c'est parce qu'elle marche un peu en canard à cause du poids du petit entre les jambes. Elle rectifie sa démarche. Ceux des derniers rangs se dressent, regardent par terre et rient. Elle doit s'interrompre. Elle suit les regards, ils vont jusqu'à ses chaussures; de longues lanières de papier journal en sortent.

...

Ça sert à quoi toute la vie si c'est pour en arriver là ?

Cette interrogation est montée à sa conscience

subitement, clairement, comme une évidence. Elle en est surprise. N'est-elle pas une femme heureuse, active? N'a-t-elle pas eu une belle vie? N'a-t-elle pas encore un tas de choses à faire?

Ce soir, peut-être à cause de l'extrême attention qu'elle porte à ce rien dans lequel elle est, à cause du calme de la maison, de la nuit tranquille, de la fatigante journée qui est terminée, de la garde entêtante que montent les grenouilles dehors, à cause de ce coup de téléphone, peut-être à cause de l'enfant de Linda qu'elle a regardée dormir avant d'aller se coucher... oui, c'est peut-être à cause de sa petite-fille de quatre mois livrée au sommeil, à cause de la confiance et de l'espoir qu'elle a vus là, à plat ventre, juste avec une couche parce qu'il fait chaud... Le téléphone surtout, le téléphone... C'est à cause de tout ça qu'elle a ce creux, cette impression de vide.

...

De la suspension de la salle à manger pendait la sonnette pour appeler la cuisine. C'était une petite boule d'onyx sur laquelle patinaient un Pierrot et une Colombine de bronze. Ils avaient la position des patineurs de vitesse : penchés en avant, un bras derrière le dos, l'autre dressé qui sert de balancier, qui souligne la cadence. Ils se faisaient face, ils étaient proches l'un de l'autre, ils se souriaient, ils allaient se toucher, mais ils ne se touchaient pas. Pour que la sonnette fonctionnât il fallait les faire s'embrasser; on entendait alors le timbre retentir dans le fond de la maison.

Mais, depuis le temps qu'on les faisait s'embrasser, le mécanisme qu'ils contenaient s'était détraqué, ils s'étaient imperceptiblement éloignés l'un de l'autre et on avait beau peser sur leur dos, ils ne se touchaient plus, on n'entendait plus de bruit au bout du couloir.

Heureusement, le père de Mimi était bricoleur et, quand c'était nécessaire, il brandissait son couteau, glissait la lame entre Pierrot et Colombine, et la sonnette fonctionnait. « Ça fait contact », disait-il.

– Germaine, si tu veux qu'on aille chez Tati ce matin, faut qu' tu m'aides à distribuer le courrier. Tu connais tous les noms, tu peux faire ça.

– Je ne demande pas mieux. Tu sais bien que depuis que je suis à la retraite je manque d'occupations.

– Le plus long c'est le sixième, les chambres de bonne, y'a pas d'ascenseur. Pendant c'temps-là, moi j'rentre les poubelles vides et j' balaie l'entrée.

– C'est parti, on y va ma p'tite sœur... Mais, dis donc, il n'y a que cinq tas pour six étages.

– C'est la dame du quatrième, elle a jamais rien.

– Mettez les talons dans les étriers, avancez le bassin jusqu'au bord de la table... allez, encore plus... encore un peu... voilà. C'est votre premier accouchement ?

– Non, c'est le troisième.

– Ben alors, comment ça s'fait que vous êtes crispée comme ça, madame Legrand?

– Avez-vous vu les Allemands de l'Est! Avez-vous vu ça à la télévision, ces images, à Prague? Ces gens qui se ruent avec leurs balluchons, ces bébés qu'on passe par-dessus les grilles du consulat d'Allemagne de l'Ouest, ces gens qui tombent, qui se piétinent, cet homme agrippé aux barreaux avec des soldats qui le tirent en arrière, et lui qui leur donne des coups de pied. Avez-vous vu ça! Avez-vous vu leur bonheur!

– Oui, j'ai vu ça. Incroyable.

– Incroyable que ça puisse se passer déjà, mais leur ruée n'est pas incroyable, elle était prévisible. Vous vous souvenez de mon voyage à Berlin-Est et à Leipzig?

– Ça fait deux ans, non?

– Exactement deux ans. Quatre journées d'une intensité!

– Vous en étiez revenue scandalisée, ma chère Mimi.

– Oui, scandalisée. Quand je suis partie là-bas, les gens, ici, m'ont parlé comme si je me rendais dans les Lieux saints.

– Vous exagérez.

– Non, je n'exagère pas. J'avais l'impression de me rendre dans le creuset du peuple, là où se réfléchissait la démocratie. Les pires erreurs y avaient été commises au nom de la démocratie, mais l'espoir d'une société juste y scintillait toujours. Il faut voir avec quelles précautions on considère l'Est ici, même à droite. Quelle aberration ! Une fois sur place, je me suis rendu compte que 95 pour 100 des Allemands de l'Est n'avaient jamais mis les pieds à l'Ouest, jamais. Ils vivaient en prison. Oui, j'étais scandalisée parce qu'ici on ne cessait de dénoncer les dictatures de droite et jamais on ne dénonçait cette dictature-là. On ne parlait jamais d'Honecker comme on parlait de Pinochet. Imaginez-vous Pinochet à l'Élysée : Impensable. Honecker, lui, y a été invité deux mois après mon voyage. Quels démagogues nous sommes.

« À Leipzig les étudiants ne me parlaient que lorsque nous étions dans la rue. Ils avaient peur des micros, des dénonciations, de tout.

« J'ai vu la frontière, des kilomètres et des kilomètres de fils de fer barbelés entrelacés et électrifiés, les miradors dressés tous les deux cents mètres, les soldats avec leurs chiens allant de l'un à l'autre, les projecteurs, la nuit, qui éclairaient a giorno cette barrière terrible. Et à Berlin, le mur, blanc, immaculé, à l'Est, couvert de graffitis, tout bariolé, à l'Ouest.

— Tout le monde connaît ces images. Par contre, Mimi, vous ne parlez pas beaucoup de l'étoile de Mercedes en haut du plus haut building de l'Ouest. On peut la voir de tous les coins de Berlin-Est. Elle brille pour tout le monde.

— C'est vrai qu'elle est gênante, comme si c'était l'étoile des Rois mages : le Messie est par là, c'est une grosse voiture.

Les nuits de maladie, sa mère allumait une veilleuse dans sa chambre.

C'était souvent en fin de journée que le mal se déclarait. On lui tâtait le front, on lui faisait tirer la langue, on la couchait. De son lit, Simone entendait sa mère ouvrir l'armoire à linge. Elle l'imaginait prenant en bas d'une pile une des nappes qui ne servaient qu'en cas d'angine, de crise de foie ou d'embarras gastrique. Elle savait les gestes de précaution que faisait sa mère pour ne pas déranger le bel ordonnancement de l'armoire.

Ensuite, sur la commode de la chambre, sa mère organisait une sorte d'autel. D'abord la nappe qui sentait la lessive, empesée, encore cassée par les nervures rectilignes du repassage. Après, une assiette avec une cuillère en argent qui servirait d'abaisse-langue au médecin de famille. Il l'utiliserait à l'envers, se servant du manche pour opérer. À côté de l'assiette, un verre contenant de l'alcool à quatre-vingt-dix degrés dans lequel trempait le thermomètre que sa mère secouait énergiquement avant et après usage.

Enfin la veilleuse : un objet de porcelaine blanche à motifs floraux, composé de deux parties. L'une, la plus importante, était une sorte de temple où se glissait la veilleuse proprement dite. L'autre, qui se posait sur le toit du temple, était une petite théière contenant une infusion que la flamme de la veilleuse maintiendrait tiède toute la nuit.

Un bouquet de fleurs complétait le décor. Pour les coups de froid et les rhumes de l'hiver : des narcisses, des jonquilles, des anémones, ou bien des roses. Pour les indigestions de nèfles et de raisins pas mûrs de l'été : des zinnias, des œillets d'Inde, des reines-marguerites. Dans son imagination les maladies allaient avec les parfums des saisons.

Pourquoi la veilleuse alors que la maison était pourvue de toutes sortes de lampes dont certaines, aux abat-jour d'épaisse soie rose, donnaient une lumière aussi douce et fragile que celle de la veilleuse? À cause de la tisane tiède? Non, sa famille possédait aussi des appareils électriques qui servaient à tenir au chaud les plats ou le thé. Alors pourquoi? Probablement parce que c'était comme ça dans l'enfance de sa mère, de sa grand-mère, de son arrière-grand-mère... c'était comme ça avant l'électricité. Elle en était consciente et les nuits de fièvre, quand elle ne parvenait pas à dormir, que la flamme de la veilleuse faisait par moments s'agiter les ombres de sa chambre, elle savait qu'elle était l'enfant d'une femme, qui était l'enfant d'une femme, qui était l'enfant d'une femme... etc., comme ça jusqu'au commencement des temps, des temps où il n'y avait même pas de feu. Simone se recroquevillait dans la chaleur de son lit, elle jouissait de son confort, de sa sécurité, de son immortalité. Oui, de son immortalité. Elle était une enfant de l'univers, quelqu'un d'aujourd'hui, d'hier et de demain. Un jour elle serait une femme, elle aurait une fille... Elle n'avait rien à craindre de la mort.

— Comme la vie est belle, monsieur Gornet, vous ne trouvez pas?

Les quais de la Transat étaient gardés par de fortes grilles. Les soldats, en tenue de combat, mitraillette sous le bras, doublaient la garde.

Il faisait chaud, il n'y avait pas d'ombre. Il fallait attendre. La foule était énorme.

La ville blanche et verticale surplombait la horde des vaincus.

Mimi et sa famille formaient un petit groupe serré. Son fils pleurait, sa mère pleurait, sa grand-mère pleurait.

Les valises s'amoncelaient. On les avait prévenus ce serait la valise ou le cercueil.

Là-haut, agglutiné contre les balustrades du front de mer, le peuple vainqueur, fou de joie, les regardait partir.

Jeanne claque la porte de la voiture dans la nuit droite, très haute, qui enjambe les immeubles. Elle traverse une cour, puis une autre cour, et elle commence l'ascension. Les étages tournent autour de la rampe étroite. Tournent, tournent, de plus en plus vite jusqu'en haut, jusqu'à la porte close et accueillante. Elle sonne. Il ouvre.

– Bonsoir toi, ça va ?

Elle ne répond pas. Elle passe devant lui. Elle a du mal à respirer, ses poumons sont douloureux. Elle entre dans l'atelier, elle s'affale sur le lit.

– Mais pourquoi tu montes si vite ?

Elle ne répond pas. La tête dans l'oreiller, elle retrouve peu à peu le rythme de sa respiration.

– Tu vois comme il habite haut ton mec. Tu sais combien il y a de marches pour arriver jusqu'ici ?

– Je ne veux pas le savoir. Si tu me le dis, je ne viens plus.

– Je vais te le dire et tu viendras quand même. Il y en a deux cent soixante-dix-huit.

– Oh! là! là! c'est terrible.

– Tu viendras quand même?

– Oui.

...

... C'est peut-être à cause de tout ça qu'elle a ce creux, cette impression de vide.

Des ombres glissent dans le vide, pas apeurantes, furtives, encombrantes pourtant. Une foule, des gens d'hier et d'aujourd'hui. Tous les siens, tous les autres, des silhouettes, des amis, des vies inconnues, inventées. Plus il y en a plus c'est vide.

...

Solange Dumont n'est pas contente : toute la matinée elle a cherché un mot sans le trouver. Un mot important : le 1 horizontal, « espèce en voie de disparition », en dix lettres, qui commence par un c. Elle est sûre du c parce que la définition du 1 vertical c'est : « solution ou alors rossignol », en quatre lettres. Grâce à son pauvre mari elle a trouvé tout de suite. Le brave homme posait des verrous et des cadenas partout en disant : « C'est que, les voleurs, ils ont des rossignols, ma chérie. » Clef. « Solution ou alors rossignol » = CLEF. C'est sûr et certain, d'ailleurs tout colle puisque le premier mot du 2 horizontal c'est « note » en deux lettres. Donc LA. Le 3 horizontal commence par une case blanche suivie d'une case noire. Le E de « clef » est donc plausible. Quant au 4 horizontal c'est « conifère inversé », en deux lettres, soit IF, le F de clef colle parfaitement.

Juste avant la fermeture de la boutique, vers midi et demi, elle trouve la dernière lettre du 1 horizontal : E. Définition du 10 vertical : « trompe, parfois », en huit lettres. Soit EUSTACHE, la trompe d'Eustache. E.

Elle reste donc avec « espèce en voie de disparition », en dix lettres, commençant par un C et finissant par un E.

Et puis Monsieur Grémille arrive.

Et puis elle va chercher son morceau d'araignée que le boucher lui a mis de côté.

Et puis elle promène Mira un quart d'heure.

Et puis elle monte chez elle pour faire cuire son araignée et préparer sa soupe de légumes de ce soir. Elle se régale tout en écoutant les nouvelles sur RTL.

Et puis elle a juste le temps de faire partir sa lessive qu'elle a mise à tremper ce matin.

Et puis c'est déjà l'heure de retourner à la boutique. Le samedi il y a toujours du monde. Des gens qui achètent des fleurs pour le week-end. Sans compter les commandes d'Interflora. Et comme il y a eu deux enterrements ce matin et que Monsieur Grémille a passé sa nuit dans l'arrière-boutique à composer ses couronnes, il ne sera pas là pour lui donner un coup de main. Il réapparaîtra sur le coup de six heures, pour la fermeture. Ça ne la dérange pas.

Et puis, et puis, et puis, et puis… elle a toujours dans la tête « espèce en voie de disparition », en dix lettres, commençant par un C et finissant par un E. Ce mot paralyse toute la grille qui comporte énormément de cases noires vers le haut. En dehors du C et du E, elle a trois autres indices. Le 2 vertical : « toujours dans la cohabitation », en deux lettres, c'est-à-dire deux lettres de ce mot, elle a déjà le A de LA du 2 horizontal, il y a des chances pour que l'autre lettre soit O, mais pourquoi pas H ? Le 4 vertical : « la mésentente ne peut s'en passer », en trois lettres, encore trois lettres du mot probablement, mais lesquelles ? Enfin, le 6 vertical : « propre mais désordonné », en trois lettres. Ça c'est NET, mais dans quel ordre ? Des indices qui n'en sont pas, des attrape-couillonnes plutôt.

Elle n'aime pas terminer sa journée sans avoir rempli sa grille. D'autant plus que demain c'est dimanche, que son journal ne paraît pas le dimanche, et qu'il lui faudra donc attendre lundi pour avoir la solution. Elle sait par expérience qu'elle est bloquée et qu'elle restera bloquée tout son dimanche. C'est comme ça, c'est comme ça.

Elle est là devant sa grille qu'elle a posée sur le comptoir, entre la caisse et une gerbe de roses rouges. Elle cherche dans sa tête des mots de dix lettres commençant par un C et finissant par un E. En voie de disparition. Cacahuètes, ça finit par un S, et puis c'est pas en voie de disparition. Crépinette, c'est vrai que les gens en mangent de moins en moins, mais ça ne va pas avec le 2 vertical, et puis c'est pas une espèce… Ça doit être encore un de ces animaux pas possible, ou une plante des antipodes… elle rêve de cœlacanthe, de cochenille, de crocodile, de coloquinte, de cachalot, de cléma-

27

tite, de cornouiller, de cacatoès... de cerfs-volants...

– Vous voilà encore aux prises avec vos mots croisés, madame Dumont.

C'est Madame Aubry, la dame de la rue de Grenelle, qui s'adresse à elle. Elle est entrée sans faire de bruit. Elle vient souvent le samedi pour de l'herbe aux chats, un petit sac de terreau, un cactus nain – elle en fait collection.

– Eh oui, et je suis mal prise encore une fois.

– Que cherchez-vous ?

– Je cherche un mot de dix lettres qui commence par un c et qui finit par un e. « En voie de disparition. »

– En voie de disparition.

– Oui, c'est ça.

– En dix lettres.

– Oui, c'est ça, avec un c pour commencer et un e pour finir. Et vous madame, qu'est-ce que je peux faire pour vous aider ?

– Je cherche une petite plante pour ma cuisine.

– Dans quel genre ? Une plante grasse ? Une fougère ? Une azalée, c'est la saison qui commence...

– Je ne sais pas. Je vais regarder ce que vous avez.

– Allez-y, allez-y, vous connaissez le magasin aussi bien que moi.

– Il est dans quel journal votre mot croisé ?

– Dans *Libé*.

La dame se met à fouiner dans la boutique, elle inspecte les pots. Solange Dumont la regarde faire. Elle est sympathique cette femme-là, et puis elle est toujours bien mise, discrète. Sa concierge dit qu'elle est solitaire, qu'elle n'a jamais de courrier. Elle doit avoir la soixantaine. Une veuve? Une vieille fille? Non, il paraît qu'elle a un fils qui ne vit pas à Paris. Une divorcée peut-être.

La dame soulève une plante, vérifie le prix, la repose, en prend une autre...

– En dix lettres vous dites?

– Oui.

– En voie de disparition?

– Oui.

– Ce ne serait pas « communiste », par hasard?

– Mais oui! Ça alors! je n'y avais même pas pensé!

Monique demande à Nicole de l'accompagner chez le coiffeur. Elle n'a pas le courage d'y aller seule. Se faire couper les cheveux c'est comme changer de vie.

Claire n'a pas de cou, pas de taille, et de longues jambes : un bouchon sur des allumettes. Son visage est rond et plat : un menton minuscule, presque pas de nez, presque pas d'arcades sourci-lières. Il est rose, et bleu, et blond : une lune. À première vue on pense qu'elle est contrefaite, qu'elle a une bosse, qu'elle a souffert d'un mal de Pott, d'une coxalgie. Pas du tout, elle est normale, elle ne boite pas, elle est en bonne santé. C'est son absence de cou qui produit cet effet : un joli petit gnome.

Elle est coquette. Elle porte souvent des vêtements de prix, des chaussures de marque, des choses qui lui vont mal, qui coûtent cher mais qui sont à la mode. Elle a de l'assurance, elle se trouve belle.

En société elle minaude, elle rit, elle joue la petite fille. Elle arrondit sa bouche comme une framboise, elle avance les lèvres, elle passe dessus une langue pâle, comme une chatte.

Elle est directrice du personnel dans un grand magasin. Il paraît qu'elle est redoutable.

La bibliothèque de l'université d'Alger restait ouverte tard le soir. Ils étaient peu à en profiter aux heures tardives, une douzaine peut-être, des habitués. Chacun occupait un territoire qui lui était propre. Celui de Mimi était une longue table pour huit étudiants, plantée, en son centre, de quatre lampes à abat-jour vert, pour elle toute seule.

À la saison des examens les jours étaient déjà longs et elle pouvait voir venir le crépuscule à travers les verrières, tout en haut des bouquins qui tapissaient les murs. Murailles de livres auxquels on accédait par des échelles de bois qui coulissaient le long de tringles de cuivre bien astiquées. Mimi était au fond du puits de la connaissance, au plus creux du savoir. Peu à peu, dehors, l'obscurité se faisait. Elle allumait sa lampe, les autres étudiants aussi. Des îlots de lumière se formaient, verts, à cause des abat-jour. Son île dérivait, entraînée par les courants de sa curiosité. Plus elle était apparemment sage et immobile, plus intense était son exaltation intérieure. D'un mot à un autre, d'une page à une autre, se tramait une nasse où la vie se laissait prendre. Une vie jeune et pourtant ancienne. Parfois ancienne de milliers d'années, mais luisante et fraîche comme un enfant nouveau-né.

Il dit : « Assieds-toi à côté de moi. » Madeleine sait ce qu'il va lui demander. Elle a peur. Elle ne veut pas pleurer mais ses larmes coulent. Il dit : « Ne pleure pas. Ce n'est pas triste. Ne pleure pas. » Elle fait un effort pour se contrôler. Elle prend un mouchoir, essuie ses larmes. Il dit : « Je veux que tu sois belle, je veux te voir belle. »

Elle va dans la salle de bains. Elle aperçoit dans le miroir son vieux visage maigre, ses yeux bleus délavés par les années, ses cheveux qu'elle n'a pas eu le temps d'entretenir ces derniers temps, blonds, ternes, avec des racines blanches. Elle ne voit pas ça. Elle voit la grande jeune femme douce qu'il aimait. Elle coiffe la blondeur de cette jeune femme, à grands coups de brosse. Elle maquille la jeune femme, à peine, discrètement. Elle la parfume. Elle lui met une robe d'été en toile rose : la robe qu'il préfère. Elle la chausse de sandales.

Elle revient dans la chambre, elle s'assied sur le lit, à côté de lui. Il dit : « Tu es belle. Écoute-moi : j'ai eu une bonne vie. J'ai de la sympathie pour moi, c'est un peu idiot de dire ça, mais c'est la vérité. Je ne veux pas de la fin qui arrive. Tu vois bien où j'en suis : je ne peux plus bouger, je n'ai plus aucune autonomie, c'est la phase terminale. Je refuse la dégradation qui m'attend, je ne veux pas te l'infliger non plus. Voilà, le moment est

venu. Nous en avons assez, notre provision suffi-
rait à tuer un cheval. »

Il sait ce qu'il dit, il est médecin.

« Allez va, va la chercher. Dis-moi au revoir. Je
t'aime, ma belle Madeleine. Je t'aime. »

Elle obéit, elle se lève, se dirige vers l'armoire, y
déniche des ampoules et une seringue qu'elle
emplit. Elle la lui tend.

Clic.

— Allô ma Simone! Ça y est, le mur est tombé!
— Quel mur? Je ne savais pas qu'il y avait des
travaux chez toi.
— Mais non, ma chérie. Le mur de Berlin.
— Qu'est-ce que tu dis?
— Le mur de Berlin. Je suis en train d'entendre
ça à la radio.
— Mon Dieu, Mimi! Tu es sûre?
— Certaine.
— Sur quel poste?
— France-Inter.
— J'y cours. Je te laisse.
Clac.

Est-ce qu'il pleut? Elle n'en est pas certaine. Elle
a l'impression d'être sur une île : de l'eau partout
tout autour. La pluie fait du bruit, elle cogne aux
toits, aux murs, aux vitres, à l'asphalte de la rue,
aux dalles du trottoir, et quand elle ne s'acharne
plus elle dégoutte, goutte à goutte. Le temps se
compte. Même l'amour s'effiloche, sa trame est

lâche, les liens se dénouent. Les espaces d'indifférence se font de plus en plus grands.

Il lui semble qu'elle peut mesurer son temps comme une vendeuse de tissu : à coups de brassées mesurant un mètre chacune, quelques années chacune. Elle ne sait le temps que parce qu'elle sait son temps. Sans elle il n'y a plus de temps. À quoi bon ce savoir ? Elle sait des choses inutiles. Elle sait les secondes, les minutes, les heures, les jours, les années. Elle ne sait rien de l'éternité. Elle a beau comprendre qu'en ajoutant les millénaires aux millénaires elle ne finira jamais par avoir l'éternité à la fin du compte..., elle a beau comprendre ça, elle ne comprend pourtant pas l'éternité. Elle ne comprend que ce qui a un commencement et une fin. Elle ne sait que la vie et la mort. Elle vit dans cette parenthèse.

Il se campe à côté de Jeanne, il reste debout sans un mot, droit, il la regarde seulement. Elle est attablée avec des amis, elle sent la présence de cet homme, c'est tout. Mais comme il ne bouge pas et que ça dure, elle pense que c'est un fou ou qu'il est soûl. À la longue, il finit par devenir gênant. L'ami de Jeanne lui dit :

– Tu le connais ce type-là ?

– Non.

– Demande-lui ce qu'il veut, il commence à nous gonfler.

Jeanne interroge l'étranger du regard. Il dit en français, avec un gros accent américain :

– Je veux danser avec vous.

– Je n'en ai pas envie.

– Je veux danser avec vous.

Il continue à rester là, debout, obstinément. Sa présence est tellement forte qu'il n'y a plus de conversation possible. Le copain de Jeanne dit :

– Danse avec lui et qu'il nous foute la paix, sinon il va falloir qu'on lui casse la gueule.

Elle se lève, elle va danser avec l'homme. Il ne sait pas danser. Il n'est pas ivre. Elle ne comprend pas.

– Qu'est-ce que vous voulez?

– Je veux vous faire un enfant.

– Vous voulez faire l'amour avec moi?

– Je veux vous faire un enfant. *My baby here, my baby here.*

De l'index il indique le ventre de Jeanne. Elle :

– Ça va pas, non! J'en ai déjà trois d'enfants, j'en veux plus.

Elle le chasse. Il s'en va. Elle retourne à sa table, elle raconte l'histoire. Elle est troublée. Quelqu'un dit :

– Y'a qu'un Américain pour se conduire comme ça.

– Gisèle, tu as entendu?

– Quoi?

– Y'a quelqu'un qui a crié.

– Ça doit être Madame Lamantin.

– Elle est malade?

– Non, c'est son mari qui lui fout des baffes de temps à autre.

– Et personne ne fait rien.

– Moi, tu veux que j'te dise, Germaine, j'aurais

une femme comme ça, y'a longtemps que j'l'aurais supprimée.

— Mimi, je ne sais pas ce que vous en pensez, mais moi je crois que c'en est fait du communisme.

— Du communisme? Du Parti, des communistes, oui, mais du communisme, je ne sais pas. Les humains ont besoin d'un recours.

— Le fameux espoir... le père Sartre a écrit pas mal de choses là-dessus...

— Vous pouvez toujours vous moquer... Il y a peu de recours en Occident pour ceux qui ignorent, pour ceux qui vivent mal. Je sais que le communisme a été pour moi, à un certain moment de ma vie... un espoir, oui...

— Comme l'étoile de Mercedes, dont nous parlions l'autre jour, pour les sous-développés de l'Est?

— ...

Est-ce qu'il neige? Madame de la Porte n'en est pas certaine. Ce qui est certain, c'est l'état de surdité de l'appartement. Elle a l'impression qu'il n'y a que l'intérieur; l'extérieur est gommé, éloigné, séparé d'ici par des milliards et des milliards de particules qui gesticulent en tombant doucement. C'est ça la neige : le calme et l'agitation en même temps, une frénésie dans le silence.

Par moments l'envie la prend de se jeter par la fenêtre.

Ce n'est pas le vide qui l'attire, ce sont les fenêtres.

Elle n'aime pas ça, elle ne veut pas faire ça.

Elle descend ses quatre étages, elle va s'asseoir sur un banc du boulevard Raspail.

Elle n'est qu'une dame assise sur un banc.

Nicole et Monique sont sous le séchoir.

Monique est excitée, il lui tarde de voir le résultat final. Elle croit que ça va être bien : la nuque dégagée, comme un garçon, le reste des cheveux coupé presque au carré, à hauteur des oreilles. C'est court, c'est vraiment court, ça va la changer. Elle voudrait parler mais Nicole a son air maussade.

– Tu t'ennuies ?

– Non. Je pense.

– À quoi tu penses ?

– À toi. À des gens comme toi.

– À moi ? Quoi moi ?

– J'ai l'impression que tu n'es pas heureuse.

– Qu'est-ce que tu veux dire ?

– Tu ne mènes pas la vie qui te convient.

– Pourquoi ? Parce que je vis dans une chambre de bonne, parce que je suis une petite secrétaire de rien du tout ? Tu crois que c'est mieux d'être infirmière ? Mais, ma pauvre Nicole, je préférerais mourir que de voir ce que tu dois voir tous les jours à l'hôpital.

– Il ne s'agit pas de ça.

– Et de quoi alors ?

– Tes vêtements, tes cheveux, ton... apparence. On dirait que tu ne penses qu'à ça. On dirait que tu te cherches, que tu ne tiens pas en équilibre.

– Alors ça, c'est la meilleure. Figure-toi que je

suis heureuse, et je le suis tout simplement parce que je me crois douée pour le bonheur. C'est pas plus compliqué que ça. Tu crois qu'on peut être heureuse en se faisant du mal?

– Je me le demande justement.

– Y'en a qui se flagellent, y'en a qui se font fouetter pour jouir...

– C'est épouvantable.

– Pourquoi? Si ça leur plaît. L'essentiel c'est qu'ils jouissent, non?

...

Des ombres glissent dans le vide, pas apeurantes, furtives, encombrantes pourtant. Une foule: des gens d'hier et d'aujourd'hui. Tous les siens, tous les autres, des silhouettes, des amis, des vies inconnues, inventées. Plus il y en a, plus c'est vide.

Elle imagine que si elle n'éprouve ni désir ni espoir, ce n'est pas qu'elle les a perdus, c'est qu'elle est fatiguée, c'est qu'ils sont cachés dans un de ses recoins et que, si elle se maintient comme elle est, sans bouger, presque sans respirer, paupières closes, à laisser défiler des images, elle va dénicher le désir et l'espoir, les éprouver de nouveau.

Elle pourrait s'endormir, demain ce serait fini. Elle ne peut pas dormir, le coup de téléphone l'a bouleversée. Elle se lance dans cette traque pour s'occuper, pour veiller, et puis elle a promis à Linda de donner le biberon de la petite fille si elle venait à se réveiller.

...

Après le dîner les grandes internes retournent à l'étude jusqu'à dix heures. Ensuite elles rejoignent l'internat où elles font leur toilette et lavent leur petit linge, slips et soutiens-gorge, qu'elles étendent sur le séchoir électrique récemment installé. La surveillante des internes, Mademoiselle de Groot, vient alors prévenir Mademoiselle Aymard que les élèves sont prêtes pour le coucher.

Quand Mademoiselle Aymard arrive dans le dortoir, les élèves sont debout au pied de leur lit : cinq lits de chaque côté, cinq filles en pyjama, ou en chemise de nuit, et en pantoufles. Elle reste à la porte et, de là, elle dit : « Prions. Au nom du Père et du Fils et du Saint-Esprit. Je vous salue Marie pleine de grâce..., etc. », expédiée la prière. La dernière syllabe est à peine prononcée que déjà les dix filles sautent dans leurs draps avec des exclamations : il ne fait jamais très chaud dans le dortoir. Mademoiselle de Groot arpente le couloir central, vérifie que tout est en ordre : « Vous n'avez pas oublié d'aller aux toilettes ? Je veux voir toutes les mains sur les draps! »

Quand Mademoiselle Aymard constate que les dix corps sont allongés sur le dos, les mains bien à plat sur les draps, elle dit : « Bonsoir mesdemoiselles, bonne nuit, à demain. Mademoiselle de Groot, voulez-vous éteindre, je vous prie? » Elle fait très attention d'avaler la particule et d'appuyer fortement sur le GR du nom de la surveillante, car elle sait que les élèves l'appellent « Trois Crottes » et – c'est plus fort qu'elle – elle a peur qu'un soir ça lui échappe, qu'elle s'entende dire « trois » à la place de « de » ou « crottes » à la place de « Groot »... Elle s'en va.

Souvent, au lieu de rejoindre sa chambre, elle passe par son bureau, prend une veste, un parapluie s'il pleut, et les clefs de la porte de service : elle sort.

Elle n'a pas loin à aller. L'institution est au 42, elle s'arrête devant le 46. Elle compose le code, la haute porte cochère s'entrouvre. Elle entre. La porte se referme seule derrière elle. Pas besoin d'appuyer sur la minuterie, elle connaît le chemin par cœur. D'abord le passage couvert, une véritable petite rue privée dont les dalles ont été entamées, dans le temps, par les roues des voitures à chevaux. À droite la loge de la concierge qui tire un rideau devant sa porte vitrée pour la nuit, ça n'empêche pas de deviner la clarté blanchâtre de sa télé. À gauche, derrière une autre porte vitrée, le hall d'entrée de la partie noble de l'immeuble. Il arrive que le flambeau de la cariatide qui se dresse en bas de l'escalier soit allumé. Il dispense une lumière chiche qui n'est pas à la hauteur des tapis rouges, de la rampe de fer forgé, et de la cage d'ascenseur tarabiscotée. Mademoiselle Aymard préfère que la lumière soit éteinte, cette entrée lui rappelle trop sa famille... Après le passage couvert elle traverse une belle cour ronde et se dirige vers la porte de service. Là, par contre, elle a besoin de la minuterie : c'est sombre, très sombre. Elle grimpe les six étages à grandes enjambées souples, elle est sportive. Monique l'attend.

— Il me tardait de te voir arriver. Je suis excitée comme une punaise. Figure-toi que j'ai invité Claire.

— Claire ?

– Mais oui, je t'en ai parlé, tu sais, la fille qui est directrice du personnel à la Maison de l'Automobile. Tu te rappelles, je l'avais rencontrée quand ils cherchaient une secrétaire. Ça n'avait pas marché parce qu'ils voulaient une programmeuse.

– Il faudrait que tu t'y mettes, quand même...

– Oui, moi, tu sais, les ordinateurs... Mais je vais m'y mettre, c'est sûr et certain. C'est pas ça. Tu te rappelles, je t'avais dit qu'elle était super-sympa cette fille, que je l'avais trouvée sexy. Tu te rappelles, je t'avais dit qu'elle avait la tête tellement rentrée dans les épaules que j'ai d'abord cru qu'elle était bossue. Tu te rappelles, je t'avais dit qu'elle devait être un peu cochonne, tu te rappelles?

– C'est celle qui t'a...

– Oui, oh! pas grand-chose, mais quand même. Eh bien, aujourd'hui, je suis allée manger un sandwich avec Yves au café du Siècle, à l'heure de la pause. Elle était là avec un client, ou je sais pas qui, et je crois qu'elle a cliqué sur Yves. Elle s'est amenée pour me parler et puis elle est restée avec nous. Enfin quoi, de fil en aiguille je l'ai invitée dimanche, avec Yves évidemment.

– Ici?

– Ben oui, où tu veux?

– J'en sais rien.

– Je l'ai prévenue que c'était une chambre de bonne. Ça a pas eu l'air de la déranger, au contraire. Et puis j'ai invité Gérard aussi.

– À cinq, tu te rends compte.

– J'ai l'impression, si ça tourne comme je crois, que l'espace du lit sera suffisant. C'est pas pour rien que je l'ai pris grand. Tu te rappelles le mal qu'on a eu à le monter!

– Si je m'en rappelle! La vache!

Elles rient en se racontant une fois de plus la mémorable ascension du lit. La vache! La vache!

Elles s'allongent l'une à côté de l'autre. Mademoiselle Aymard a des seins très hauts, ronds, ravissants.

P.-S. : Figure-toi que la chatte a mis bas dans un buisson du carré Viger, en plein Montréal. Par le froid qu'il fait.

Madame Langelier est sourde comme un pot. Monsieur Langelier est un homme très distingué. Ils ont trois enfants.

Madame Langelier est sourde comme un pot mais elle comprend tout ce que dit son mari, le moindre de ses murmures, son moindre « ouf » : elle connaît parfaitement la bouche de son mari, les mouvements de ses lèvres. Par contre, elle ne comprend pas très bien ses enfants.

Leur fils aîné, qui a quinze ans, est un débile mental. Débile léger mais débile quand même. À table, il interrompt souvent la conversation de ses parents par des niaiseries. Aujourd'hui, pendant le dîner, alors que son père parlait, il a donné un coup de cuillère à soupe contre la carafe de vin en disant : « Tutu panpan sur la cheminée. » « Que dit-il? » a demandé Madame Langelier à son mari. Ce dernier, gêné d'avoir à répéter une telle sottise, se détourne et murmure : « Il a dit : Tutu panpan sur la cheminée. – Comment? – Tutu panpan sur la cheminée. – Pardon? » Il hausse la voix : « Tutu panpan sur la cheminée. – La cheminée ne tire pas?

– Non. » Il se tourne vers elle et articule : « Tu-tu-pan-pan-sur-la-che-mi-née. – Tutu panpan sur la cheminée ? Exactement. – Mais où a-t-il été pêcher ça ? »

Monsieur Langelier est un homme très distingué. Jamais il ne produit la moindre odeur ou le moindre son incongru en présence de ses enfants. Jamais il n'éructe ni ne vesse.

Les petites Langelier, qui ont dix ans, qui sont jumelles, jouent souvent au papa et à la maman. Celle qui fait la maman va se coucher. Celle qui fait le papa ferme la porte de la chambre, s'allonge à côté de sa sœur et se met à péter et à roter sans arrêt. Elle sait, pour l'avoir vérifié chaque soir, que c'est le propre des pères de faire ça quand ils sont au lit avec leur femme. C'est comme ça qu'on fait des enfants.

Il y a une vingtaine d'années, Simone se rendit compte que pour être « in » il fallait absolument employer la locution « quelque part ».

Exemples :

C'est quelque part étonnant ce que vous dites.
Cette robe est quelque part ravissante.
Le bain sera quelque part trop froid.
Heidegger est quelque part moins intéressant que Kant.
Etc.

Elle eut du mal à entrer dans cette mode car, pour elle, « quelque part » était synonyme de

« derrière », comme dans : « Je vais te flanquer mon pied quelque part. »

Il y a une quinzaine d'années, pour être « in », il fallait absolument glisser le mot « signe » dans la conversation. Le mot signe et ses dérivés : signifiant, signifié, ainsi que les mots de la même famille : sémiotique, sémiologique, séméiologique, sémantique, etc. Le mieux était de les placer dans un contexte qui ne leur convenait pas spécialement.

Exemples :

La sémantique de mon vélo.
La sémiologie de mes orgasmes.
Le signifiant du pot-au-feu.
Etc.

Cette mode est passée. Elle se demande si c'est parce que tout le monde a compris le sens de ces mots. Pourquoi sont-ils devenus insignifiants ?

Aujourd'hui elle ne sait plus quels mots sont à la mode. Elle sent qu'elle est devenue bête.

On recherche Louise Hamel, âgée de quatre-vingt-douze ans. Elle s'est échappée hier soir de la résidence La Fontaine, sur la rue Rachel. Elle est atteinte de la maladie d'Alzheimer. Une récompense est offerte à qui signalera sa présence.

Je croyais Janeton aussi douce que belle.
Je croyais Janeton plus douce qu'un mou-
[ton.
Hélas ! hélas !

Elle est cent fois, mille fois plus rebelle
Que n'est le tigre au bois.

– Nous vivons une période cruciale. Je crois que c'est le mot qui convient : ça se croise, ça se rencontre. En anglais « crucial » veut dire décisif... On a l'impression que « ça » va se passer. Quoi? Qu'est-ce qui va se passer? On ne peut plus faire marche arrière, nous sommes en plein au centre de la croix. Cette apparente convergence des intérêts, en Occident, ce sera quoi, finalement, un affrontement, une alliance?... La croix est aussi un signe dont on se sert pour annuler... Je me sens plantée au milieu du carrefour, j'aimerais participer, j'envie mon cousin qui doit se rendre prochainement en Pologne. J'aimerais comprendre.

– C'est ce qu'on appelle « la tâche du siècle »...

– Vous dites ça avec un air... un drôle d'air, un peu gourmand.

– Je suis en train de faire une citation. C'est Merleau-Ponty qui a dit de Hegel : « Il inaugure la tentative pour explorer l'irrationnel et l'intégrer à une raison élargie qui reste la tâche du siècle »... J'aime assez placer une phrase de ce genre dans la conversation. Ça fait toujours bien de parler de Hegel dans un certain milieu, à Paris. Et puis, ce n'est pas mal dit, vous ne trouvez pas?

– C'est vrai, c'est ça. Hegel... la raison élargie... Le siècle va finir... le xxe... Quant au xixe, il aura duré deux cents ans celui-là... J'ai eu Merleau-Ponty comme prof, autrefois. Il avait des mains minuscules.

– Mimi, pourquoi n'écrivez-vous pas un roman?

– On ne devient pas romancière à mon âge. Mais j'y ai pensé, je l'avoue. J'ai tourné autour d'un roman. Je n'ai abouti à rien. Ou plutôt j'ai abouti à un dilemme : ou je me lance dans une saga en vingt volumes, genre *Les Hommes de bonne volonté*, ce qui me ferait mourir avant l'heure – d'ennui évidemment –, ou au contraire je me lance dans quelque chose de concentré, de rapide, une entrevue imaginaire. J'ai maintenant la certitude que c'est par la parole, la conversation, l'échange, que j'arriverai à satisfaire mon désir...

– Vous avez l'idée d'un plan, d'une méthode?

– Non. Mes plans se déglinguent toujours. Il n'y a que mon désir qui persiste.

Solange Dumont est ravie parce que le sénateur de la rue de Vaugirard est venu en personne lui acheter un pot de géranium – entre parenthèses il a choisi le plus moche. Il a fait arrêter sa voiture devant la boutique – entre parenthèses, c'est interdit de stationner sur toute la longueur de la rue et des deux côtés. C'est quand même scandaleux les privilèges que certains s'octroient. Il a pris son pot de géranium et il a payé sans même la regarder, comme si elle n'existait pas. Il dodelinait de la tête, il sucrait les fraises. Son chauffeur restait dehors sous la pluie pour lui ouvrir la portière.

Solange est ravie parce que dans son mot croisé d'aujourd'hui la définition du 10 vertical c'est : « tous les sénateurs ne le sont-ils pas? »; et la solution c'est : « séniles ». SÉNILES.

La vitrine de la Maison du Son est entièrement occupée par une multitude de téléviseurs : toutes les tailles, toutes les marques, tous les prix. Un badaud, dans la rue, est debout là devant. Les appareils fonctionnent, ils projettent les images des différentes chaînes et aussi des films magnétoscopés.

Sur un des écrans on voit un gars qui fait du vélo sur le mur de Berlin. Il pédale comme pour un sprint.

...

Elle imagine que, si elle se maintient comme elle est, à laisser passer les images sans bouger, presque sans respirer, paupières closes, elle va dénicher le désir et l'espoir, les éprouver de nouveau.

Elle pourrait s'endormir, demain ce serait fini. Elle ne peut pas dormir, le coup de téléphone l'a bouleversée. Elle se lance dans cette traque pour s'occuper, pour veiller, et puis elle a promis à Linda de donner le biberon de la petite fille si elle venait à se réveiller.

Maintenant elle se laisse prendre par les charmes de l'immobilité, elle est comme un chien à l'arrêt. Elle sent s'amorcer en elle un mouvement d'ouverture, elle croit découvrir une porte qui donnerait sur quelque chose qui ressemblerait à de la curiosité, presque à du désir. Elle veut passer par là...

...

Il est près de neuf heures du matin. Les embouteillages se multiplient, ça klaxonne, ça s'engueule, ça emboutit les pare-chocs.

Au milieu de la chaussée un jeune homme affronte le courant des voitures en joggant. Strict costume trois pièces, cravate, chaussures anglaises du docteur Martins. Décontracté, coude au corps, il jogge alertement. Son regard glisse sur le toit des autos qui foncent vers lui, sur un chauffeur qui l'insulte au passage; il fixe un point au loin, au-delà de tout ça. D'une voix ferme il scande son rythme : « En r'tard, cou-rir. En r'tard, cou-rir. En r'tard, cou-rir... » Il n'est inquiet que de son exercice.

— C'est qui ce cinglé?

— C'est un employé de la Société générale.

Clic.

— Je t'appelle pour te dire que, finalement, je n'irai pas à la campagne.

— Quel dommage ma Mimi, je t'attendais. Pourquoi?

— Peut-être que mon fils va venir à Paris.

— Tu as des nouvelles?

— Il m'a appelée de New York. Il a une occasion, Je crois.

— Ça va bien?

— Il avait une bonne voix.

— Non, toi, ça va?

— Ça va.

— Qu'est-ce que tu fais?

— Comme d'habitude, tu sais, je travaille, je lis,

j'écris. Rien de spécial. Je me balade dans le quartier. J'aime ce quartier.

– Tu fais ta causette avec la fleuriste, tu finis ses mots croisés...

– Oui, entre autres, elle m'amuse. Et toi ma Simone?

– Moi aussi elle m'amuse, elle est gaie.

– Non, toi, comment vas-tu?

– Moi, ça va. Tu sais, la maison, les enfants, les copains des enfants, le jardin. Je suis débordée comme d'habitude.

– Tu aimes ça.

– C'est vrai, j'aime ça.

– Et la toute petite?

– Elle est sage, je n'ai jamais eu un enfant aussi sage. Elle est mignonne.

– Et ton mari?

– Il va bien. Lui, tu sais, toujours par monts et par vaux. Même à la campagne il se débrouille pour avoir des réunions. Le conseil municipal, des trucs comme ça... Sans compter son futur voyage en Pologne qui l'excite à un point! Et toi, ton professeur, toujours vos entretiens?

– Oui, tu penses, avec ce qui se passe en ce moment, il y a à dire.

– Tu es amoureuse, avoue-le.

– Voyons, à mon âge, il a vingt ans de moins que moi.

– Qu'est-ce que ça peut faire? En tout cas, lui, il est amoureux de toi, j'en suis certaine.

– Tu es folle. Tu ne penses qu'à ça. Il y a tout de même autre chose que le sexe dans la vie.

– Je ne te parle pas du sexe, je te parle de l'amour.

– Bon, admettons... Nous n'allons pas recommencer cette discussion. D'ailleurs il faut que je te quitte. J'ai un rendez-vous.

– Tiens-moi au courant pour ton fils.

– Bien sûr. On se rappelle. Je t'embrasse.

– Moi aussi je t'embrasse, ma chérie, très fort. Clac.

On n'y voit rien dans l'escalier : la minuterie s'arrête tout le temps. Yves et Gérard interrompent leur conversation, tâtonnent dans le noir pour trouver l'interrupteur, appuient dessus, et poursuivent leur descente.

– Les filles sont devenues... Je me demande où ça va s'arrêter.

– Tu trouves?

– Toi non?

– Non. Les filles c'est les filles.

– C'est vrai que tu es un jeunot. Tu as quel âge, Yves?

– Vingt-cinq.

– Moi quarante-cinq.

– Ça se voit pas.

– Ça se voit peut-être pas, mais quand je sors d'une séance comme celle-là, je t'assure que je le sais que j'ai vingt ans de plus que toi.

– Pourquoi?

– Quand j'avais vingt-cinq ans, ça se passait pas comme ça. Y'avait des formes, quand même, c'était pas si...

– Pas si quoi?

– Ben y' avait plus de formes quand même. Les filles c'étaient des filles et les gars c'étaient des gars, si tu veux, d'accord, mais...

– C'est toujours comme ça, non?

– Non, c'était plus... c'était moins... enfin, c'étaient plutôt les gars qui prenaient les initiatives... Je sais pas comment dire.

– Ça devait pas être marrant.

– Ça dépend d'où on se place.

Un monsieur vêtu de noir, cravaté de noir, tend à Madeleine un cube de carton gris. Il a l'air navré; on sent que cet air-là fait partie de ses attributions. Elle s'en moque, elle ne le voit pas. Tout lui est égal. Elle prend le paquet, l'enserre de ses deux bras. Elle l'étreint.

Elle marche comme un automate. Dehors il fait chaud, les cigales stridulent toutes ensemble leurs notes les plus hautes. Madeleine passe sous un porche sur lequel est inscrit : INCINÉRATEUR-COLUMBARIUM.

Les yeux de Madeleine sont vides, elle regarde rien.

Je suis une cruciverbiste. Tu es une (ou un) cruciverbiste. Elle (ou il) est une (ou un) cruciverbiste...

Solange Dumont, depuis ce matin, est partie dans les scies.

En ouvrant l'œil, elle a commencé avec la chanson de Monsieur Jourdain : « Je croyais Janeton aussi douce que belle, etc. » Il faut dire qu'hier soir elle est allée voir *Le Bourgeois gentilhomme* à la Comédie-Française. Une cliente lui avait donné une invitation pour deux personnes. Elle a emmené

Germaine, la sœur de la concierge du 46. Deux belles places à l'orchestre. Elles ont ri à s'en décrocher la mâchoire. « Je croyais Janeton... », y'a pas à dire, elle a cet air-là dans la tête. En rentrant elle a rangé le programme dans le tiroir de son secrétaire, où elle garde ses trésors.

« Je croyais Janeton aussi douce que belle... » Alors là, quand elle a entendu ça, tous les mots sont revenus. Elles avaient monté le premier acte du *Bourgeois* dans son lycée, l'année du bachot, elle savait encore tout par cœur. « Je croyais Janeton aussi douce que belle. Je croyais Janeton douce comme un mouton. Hélas, hélas, elle est cent fois, mille fois plus rebelle que n'est le tigre au bois. » Le tigre au bois! On dirait un tableau du Douanier Rousseau. Tigre ça va avec jungle, avec forêt vierge, ça va pas avec bois. Le tigre au bois! « Je croyais Janeton aussi douce que belle... »

Elle boit son café debout dans sa cuisine, le bol dans une main, la tartine de confiture dans l'autre. « Je croyais Janeton aussi douce que belle... » Elle retrouve les pas. Comme elle n'était pas douée pour la comédie on l'avait mise dans les chœurs et les divertissements... « Hélas, hélas, elle est cent fois, mille fois plus rebelle que n'est le tigre au bois. » Avec une grande révérence sur « bois ». Lalala lalalère « bois ». Elle renverse la moitié de son bol par terre, il faut qu'elle nettoie, qu'elle s'en fasse un autre. « Je croyais Janeton aussi douce que belle... »

En allant à la boutique elle passe par le 46. Justement Germaine est dans la loge en train de raconter la soirée à sa sœur. Solange Dumont entre en faisant les pas du menuet. « Je croyais Janeton

51

aussi douce que belle... » Elles reprennent en chœur « cent fois, mille fois plus rebelle que n'est le tigre au bois ». Elles rient comme des folles toutes les trois.

Une des raisons pour lesquelles Solange Dumont aime Germaine, c'est qu'elle est gaie et aussi qu'elle a été laborantine toute sa vie, jusqu'à sa retraite. Elle l'aide pour les choses de Science qu'elle trouve dans ses mots croisés. Elle sait énormément de choses, Germaine.

Ensuite elle achète son journal et, de loin, elle voit Monsieur Grémille qui grille une cigarette sur le pas de sa porte. Il l'aperçoit, lui fait un signe de bonjour. Elle, elle finit son trajet en battant la mesure avec son journal et en chantant : « Je croyais Janeton aussi douce que belle... »

– Toujours de bonne humeur ma chère Solange.

– C'est que je n'ai pas de soucis... Pas d'enfants, pas de mari, pas de biens, pas de téléphone. Juste la retraite de Monsieur Dumont et ce que vous me donnez, ça me suffit.

– Et Mira.

– Et Mira.

– Vous oubliez aussi vos mots croisés.

– Et mes mots croisés. Oui, je ne manque de rien.

– Vous êtes encore jeune, vous pourriez vous remarier.

– Dieu m'en garde. Il était pourtant bien gentil mon mari. Mais non, je suis très bien comme ça.

– Vous avez de la chance. Moi, je suis stressé ; les impôts, les taxes, la TVA, ma camionnette en panne ce matin... J'ai l'impression d'être agressé.

52

Sur ce il part et, justement, elle tombe sur le 1 horizontal : « celles de la vie moderne sont stressantes », en dix lettres. AGRESSIONS. Voilà. Vraiment, la vie est bien faite. « Je croyais Janeton aussi douce que belle... »

Tout en fredonnant, tout en servant les clients, à midi elle finit son mot croisé. Elle se sent capable. Je suis une cruciverbiste... Je croyais Janeton... Tu es une (ou un) cruciverbiste...

– Jamais ma retraite ne m'a paru plus pesante qu'en ce moment. Mes étudiants me manquent.

– Je suis certain que vous leur manquez autant qu'ils vous manquent... Vous étiez un professeur tellement séduisant, Mimi... Je me souviens...

– Ne recommencez pas.

– C'est entendu, je ne parlerai pas de votre séduction. Mais les jeunes ont besoin de maîtres aussi passionnés que vous. De quoi leur parleriez-vous ?

– ... Nous parlerions du communisme. Nous parlerions de la peur plutôt, de la peur du communisme.

– Des communistes ?

– Non, de ce que les hommes sont capables d'accomplir avec le communisme en tête, pour le supporter ou pour le combattre.

– C'est quoi, pour vous, Mimi, le communisme ?

– La recherche d'une justice absolue.

– L'absolu de la justice c'est le goulag.

– Non! Vous jouez avec les mots. Le goulag c'est le dernier point de l'aberration d'un système, alors que le communisme ne peut pas être un système, c'est un idéal qui exclut l'oppression.

– Une philosophie de la libération. Ma chère Mimi, voilà vingt ans que votre générosité me séduit. Oh! pardon, c'est vrai, ne parlons pas de ça... Croyez-vous vraiment que les gens ont un si grand besoin d'être libérés?

– Tous les progrès de l'humanité viennent d'esclaves révoltés.

– Ou de la peur de la révolte.

– Justement, c'est ce que je voulais dire. Parlons de la peur, parlons-en.

– Eh bien, je dirai que, grâce à elle, depuis 1945, nous vivons en paix. Le bilan est positif. Si la peur du communisme vient à disparaître, sur quelle nouvelle peur reposera le futur équilibre du monde?

– Mais le communisme n'est pas mort, Gorbatchev est bien vivant et il est communiste, mais il est contre le système soviétique. C'est bien lui qui a inventé la perestroïka, non?

– Oui, oui, mais pas par idéalisme. À mon avis, il a fait ça en bon matérialiste historique. Il ne peut pas faire autrement : l'économie soviétique est en faillite.

– Peu importe. Il reste le mot communisme et, toujours, l'espoir de faire quelque chose ensemble. On dirait que les peuples de l'Est ont acquis un savoir d'importance. On dirait qu'ils ont appris à vivre ensemble. Regardez, ils sont capables, sans verser une goutte de sang, de faire chavirer un énorme bâtiment.

– Vous allez plus vite que la musique. Le navire est loin d'être coulé. Gorbatchev a des ennuis actuellement avec la réunion des députés. Pourra-t-il toucher à l'article 6 de la Constitution soviétique? Veut-il y toucher? Où en est l'armée soviétique? Est-ce qu'il la tient?

– Quoi qu'il en soit le mouvement de libération actuel est irréversible. Vous ne croyez pas?

– Je suis moins optimiste que vous. Mais pourquoi voudriez-vous parler de la peur? Je ne comprends pas votre obstination.

– Parce que je la découvre. Je n'avais jamais admis la peur. Dans mon enfance j'ai refusé la crainte de Dieu, j'ai refusé les peurs de ma famille, j'ai refusé leurs veilleuses allumées la nuit pour combattre la mort et les cauchemars, j'ai refusé leur peur du Front populaire, des fellaghas, de l'OAS. J'ai refusé l'anticommunisme primaire, celui qui a mené au blocus de Cuba, au débarquement à Saint-Domingue, au Viêt-nam. Et pourtant, absurdement, la première fois que j'ai ressenti la peur – alors que je n'étais pas menacée – c'est à Leipzig, il y a deux ans... quelque chose en moi a été bouleversé.

– Ne croyez-vous pas qu'avant de parler de la peur il faudrait parler du bonheur?

Un homme jeune entre dans l'École polytechnique de l'université de Montréal. Il porte sous le bras un objet oblong enveloppé dans un sac poubelle. Il monte dans les étages du bâtiment. Dans l'escalier, il ouvre son paquet et en sort un fusil de chasse semi-automatique. En arrivant sur le palier du deuxième étage il aperçoit des étudiantes, il dit : « Vous êtes toutes une bande de féministes », et il fait feu. Il redescend dans la cafétéria et tire sur des filles attablées. Il remonte au troisième étage, entre dans une classe, fait sortir les hommes, décharge son arme sur les femmes. Il s'assied sur l'estrade, dit : « Oh! merde! » et se tire une balle dans la tête.

Bilan : 14 mortes, 13 blessés (10 filles et 3 garçons), 1 suicidé.

Cet homme de vingt-cinq ans n'avait pas de casier judiciaire, n'avait jamais eu affaire aux services psychiatriques, et son quotient intellectuel était nettement supérieur à la moyenne.

Les enfants de Jeanne sont couchés. Quand ils dormiront elle ira rejoindre son amant. En attendant, elle range la maison.

Avant de sortir elle inscrira sur une feuille de papier le numéro de téléphone où ils pourront la joindre dans le cas où ils auraient besoin d'elle. Elle la placera bien en vue près du téléphone.

En tirant la porte sur elle, elle se demandera, une fois de plus, si elle doit les avertir qu'elle sort souvent la nuit pendant qu'ils dorment.

Il y a le pour et le contre.

– L'expert qui a mis au point un logiciel a-t-il un droit de regard sur l'utilisation de la connaissance qu'il a fournie ?

– Non, il n'a aucun droit.

– Donc, cette intelligence-là appartient à celui qui l'achète ?

– Oui.

56

– Qui sont les plus gros consommateurs de logiciels ?

– L'armée, la police, les banques, et les laboratoires.

Véra Lipisky adore les histoires de chiens écrasés, les drames, les catastrophes. Ce qui ne l'empêche pas d'être une personne enjouée, sociable, et de bonne compagnie.

Elle ne s'est jamais mariée : son fiancé est mort au champ d'honneur en 1943. Elle a fait une fausse couche en 1940 et un avorteur l'a rendue stérile en 1941.

Elle est couturière. Elle parle trois langues : le français, le polonais et le lituanien.

En ce mois de décembre, à la suite d'un meurtre particulièrement odieux, la peine de mort est, une fois de plus, remise en question à travers le pays. Voilà un sujet qui intéresse Véra Lipisky. (En 1793 elle aurait probablement rejoint les rangs des tricoteuses, mais ce n'est pas certain car Véra est une femme de cœur et, de plus, elle est d'un caractère placide.) Toujours est-il qu'en ce mois de décembre Véra décide d'assister à une conférence sur la peine de mort. Son journal indique que la conférence suivra la projection du film d'André Cayatte *Nous sommes tous des assassins*, et qu'elle se poursuivra par un débat avec le public. Programme alléchant. Véra a déjà vu le film six fois mais elle le verra volontiers une fois de plus. Et puis elle se réjouit d'entendre des spécialistes discuter de ce problème, car elle sait que de la discussion jaillit la lumière et que deux avis valent mieux qu'un.

Effectivement, après la projection, six hommes d'importance viennent s'asseoir derrière une table installée sur la scène devant l'écran. Un avocat, un magistrat, un policier, un éducateur, un ancien détenu, un psychiatre. Chacun à son tour dira son nom, son titre, ses diplômes, ses responsabilités actuelles. Ils parlent très bien; ils emploient un vocabulaire savant mais ils font des efforts évidents pour se mettre au niveau du public.

Une partie des discours passe au-dessus de la tête de Véra Lipisky, mais le reste est clair. Le détenu est celui qui a la parole la plus simple. Il dit que « la caque ne sent pas toujours le hareng », que « la faim chasse le loup du bois », que « l'enfer est pavé de bonnes intentions » et, surtout, qu'« on ne prête qu'aux riches ».

En somme, ce que disent ces gens, c'est que « la loi du plus fort est toujours la meilleure », qu'il « n'est pire sot que celui qui ne veut entendre », et surtout, surtout, que « celui qui ne dit mot consent ». Ce que Véra comprend c'est que celui qui arrive devant la guillotine, ou la chaise électrique, ou le poteau d'exécution, ou le garrot, n'a eu aucune chance dans sa vie pour éviter d'en arriver là. Pas d'argent, pas d'instruction, pas d'éducation, pas de famille, pas d'amour, pas de santé, rien. Pas de vocabulaire, pas de mots pour s'expliquer, pas de parole pour se défendre. Rien. Véra comprend une fois pour toutes qu'on ne peut pas tuer ces gens-là, que les tuer c'est commettre un acte aussi infâme que celui qu'ils ont commis.

Quand les spécialistes ont fini de parler, on fait

circuler des micros dans la salle pour donner la parole au public. Véra lève le doigt. Un jeune homme vient vers elle, lui tend un micro avec déférence, et dit : « Voici une dame avec un beau chapeau qui demande la parole. » Ça fait sourire l'assistance. C'est vrai qu'elle a mis son chapeau tyrolien avec des plumes de coq. Elle est toute petite Véra, même debout, c'est à peine si on la voit. Elle commence par remercier ces messieurs qui ont si bien parlé et termine en disant : « J'ai très bien compris que la parole est d'or au propre et au figuré, et que ces gens qu'on condamne à mort, on leur a déjà coupé la langue avant de leur couper la tête. »

Il y a un silence gêné que le jeune homme rompt rapidement en passant le micro à un homme qui, Véra le reconnaît, fait des remarques plus intelligentes que les siennes. Elle le sent, elle a dit des bêtises. Elle se rassied en pensant qu'il vaut mieux tourner sept fois la langue dans sa bouche avant de parler.

Ne pleure pas Jeannette, nous te marierons.
Avec le fils d'un prince, ou celui d'un baron.
Je ne veux pas d'un prince, encore moins d'un baron.
Je veux mon ami Pierre, celui qui est en prison.
Tu n'auras pas ton Pierre, nous le pendouillerons.
Si vous pendouillez Pie-e-rre
Tralalalala lalalalère

Si vous pendouillez Pie-e-rre
Pendouillez moi-z-avec. (Bis)
Et l'on pendouilla Pierre et sa Jeannette
avec,
Et sa Jeannette avec.

Blaise garde sa fille qui joue dans le carré de sable du square Renoir. Avec une autre petite fille elles ont inventé un jeu. Elles vont, elles viennent, elles grimpent sur le muret qui borde le tas de sable, sautent, repartent. Elles ont trois ans. Il regarde les mouvements de leurs bras, de leurs jambes, leurs déhanchements pour se hisser, leurs mines avant de sauter. Il ferme les yeux. Le soleil est tiède. Il pense : « Comme les femmes sont jolies. »

...

Maintenant elle se laisse prendre par les charmes de l'immobilité, elle est comme un chien à l'arrêt. Elle sent s'amorcer en elle un mouvement d'ouverture, elle croit découvrir une porte qui donnerait sur quelque chose qui ressemblerait à de la curiosité, presque à du désir. Elle veut passer par là...

... Elle trouve la plage de sable gris – noir là où il est humide –, les petites vagues qui ne font même pas d'écume tant la mer est assoupie; elles viennent bercer jusqu'au rivage le sommeil des grandes profondeurs. L'une se retire, l'autre la remplace. Douces.

Elle est déçue : c'est sa plage, elle la connaît par cœur. Ce n'est pas par elle que se renouvelleront l'espoir et le désir : elle la connaît trop, elle l'a usée à force de l'avoir rêvée, recréée.

Tout de même, pour ne pas refermer aussitôt la porte, elle essaie l'image de sa plage quand le soleil est au zénith et transforme l'eau plate en miroir aveuglant..., elle l'essaie par une nuit noire quand la mer n'est pas visible, qu'on ne fait que l'entendre..., elle l'essaie au clair de lune quand les vaguelettes roulent des particules phosphorescentes..., elle l'essaie un jour de tempête quand les déferlantes viennent se fracasser sur la plage, qu'elles grondent, qu'elles écument... Autant d'échecs.
...

Un soir d'Halloween : les trottoirs sont envahis par des bandes d'enfants déguisés. Des adultes portent des masques, des chienlits courent parmi la circulation qui est intense. Au carrefour des rues Saint-Urbain et Sainte-Catherine, le flot des voitures qui vont vers l'est est stoppé par un feu rouge. Du toit ouvert d'une des autos arrêtées par le feu jaillissent des jeunes gens qui hurlent des cris fous et gesticulent. Ils ont maculé leurs visages et leurs vêtements de taches sanguinolentes. À l'intérieur, un garçon tient dans ses bras un autre garçon qui sanglote. Ils sont bourrés de crack. Le feu passe au vert, la voiture démarre, transporte plus loin ses hurlements et ses pleurs. De la cohue surgit un vélo anglais à haut guidon, il est conduit par une panthère rose qui pédale tranquillement, sa queue est enroulée sur un de ses bras, comme si c'était un parapluie.

Avec les autres enfants des fermes avoisinantes, elle allait à l'école de Blad-Touaria, un petit village d'Oranie, au sud de Mostaganem. Ils s'y rendaient dans des « carrossas » : des carrioles attelées à des chevaux de labour. Tous les enfants dans la même salle, depuis la maternelle jusqu'au certificat d'études. Avec un instituteur qui leur faisait faire la sieste quand il avait envie de la faire lui-même, ou quand une occupation l'appelait chez lui; son logement se situait juste au-dessus de la salle de classe. Les enfants lui obéissaient même quand il s'absentait. En sortant, il disait : « Je vous entends, je vous entends, gare à vous. » Pour les coupables, la punition suprême consistait à venir s'agenouiller sur son estrade, à tendre vers lui leurs mains lovées en forme de poire, et il leur donnait des coups de règle sur le bout des doigts. Ça faisait mal. Mimi était dans la dernière section, la section des grands. Ils faisaient des analyses grammaticales pendant que les petits, à haute voix, essayaient de déchiffrer ce que le maître, en belles lettres moulées, avait écrit au tableau noir : B A, BA, D A, DA...

Parmi les écoliers il y en avait un qui s'appelait Hacène et qui faisait sa « grosse commission » dans sa culotte, parce qu'il était terrorisé par le maître et n'osait pas demander la permission d'aller aux toilettes. À la récréation on voyait son saroual qui plombait et les enfants se mettaient à danser autour de lui en criant : « Hacène a pondu son œuf. »

Mimi ne se souvient plus du nom de l'instituteur.

Le manège tourne. Le patron du manège tourne avec lui. D'une main il se tient aux poutrelles métalliques le long desquelles montent et descendent les chevaux, les cochons, les locomotives, les avions où sont installés des petits enfants sérieux et émerveillés qui ne quittent pas des yeux leurs mères restées au sol. Le patron, tout en tournant avec eux, passe de l'un à l'autre pour vérifier que leur tour est payé. D'une voix forte et monocorde il répète machinalement : « Allez, roulez jeunesse ! La sensation, la vitesse ! Les confettis volent, c'est la fête !... Allez, roulez jeunesse ! La sensation, la vitesse ! Les confettis volent, c'est la fête ! »

– Et toi, Martin, quand tu seras grand, qu'est-ce que tu feras ?
– Je serai chien.
– Comment ça, chien ? C'est pas un métier.
– Je serai chien.
– Tu ne veux pas être pompier, ou gendarme, ou maître d'école ?
– Non, moi je serai chien.

Lucie, la fille de Jeanne, a dix ans. À l'école, pendant la récréation, Huguette Meunier n'arrête pas de parler de comment on fait des enfants. Aujourd'hui, en rentrant à la maison, Lucie va dans la salle de bains, ferme la porte à clef. Elle écoute à travers le bois : elle n'entend rien, ses frères sont dehors à s'amuser. Elle prend le miroir rond dont sa mère se sert pour s'épiler les sourcils, elle le pose dans le fond du bidet, enlève sa culotte, s'installe, écartelée, sur le bidet. Elle regarde. Elle voit des chairs rosées, pâles, humides, ça ressemble aux petites palourdes dont la grand-mère raffole, qu'on lui achète le dimanche quand elle vient déjeuner. De son index Lucie tire sur la peau du clitoris, découvre des plis doux. Huguette Meunier a dit : « Par où on fait des enfants, c'est pas par où on pisse. » Lucie pousse sur son abdomen pour faire sortir quelques gouttes de pipi. Elle voit d'où elles sortent, c'est pas par là. Elle cherche plus bas, au plus creux, dans un vallon laiteux. Là il y a une fente minuscule, comme le chas d'une aiguille à canevas. Elle passe son doigt dessus, elle fouille ailleurs. Non, c'est là, c'est cet orifice, ce trou. C'est très petit. Elle a chaud, son cœur bat. C'est pas possible. Et pourtant, oui, elle sait que c'est là, elle en est certaine. C'est pas possible : c'est trop petit. Elle ouvre le robinet, l'eau coule sur le miroir, le reflet se brouille. Vite, elle se rince, descend, s'essuie, remet sa culotte, arrête l'eau, replace le miroir après l'avoir séché. Elle sort. Plus rien n'est pareil maintenant : elle a vu qu'elle a ça.

Solange Dumont pense à celui qui crée ses mots croisés. Elle n'imagine pas que ce puisse être une femme. Pourquoi? Parce qu'il emploie beaucoup de mots de politique, de guerre, de militaire, de technique. Mais c'est pas tellement pour ça, c'est surtout à cause de sa manière de formuler : une assurance, une ironie... une manière d'homme, quoi. Et, quand il s'agit de choses féminines, une taquinerie, cette façon qu'ont les hommes de se moquer des femmes quand ils les aiment.

Un gauchiste aussi, et un anticlérical. Un homme qui n'est pas tout jeune, certains mots d'argot qui reviennent dans ses grilles sont datés. Il aime Boris Vian, Céline, Jacques Brel, Brassens, Léo Ferré.

Et puis il a des manies. Certains jours il ne se foule pas, il reprend ses rengaines : PRÉ : « lavoir de l'honneur bourgeois »; ou IENISSEÏ : « fameux sibérien »; ou ICARE : « il finit dans un grand plouf »... et bien d'autres. Ça la fait rire, c'est comme un clin d'œil, une complicité, une relation de copinerie entre elle et lui.

Solange Dumont calcule : elle passe au moins deux heures par jour avec cet homme-là, depuis des années. Et elle ne le connaît pas. Elle le croiserait dans la rue qu'elle ne saurait pas que c'est lui. C'est fou quand même.

— Sakharov est mort hier.
— Oui, je sais, il « en » est mort.
— Pourquoi dites-vous ça?
— L'après-midi même, au parlement, il s'est fait publiquement et durement accrocher par Gorbatchev.
— Sa santé était ruinée.
— Vous êtes une incorrigible idéaliste, Mimi.

Le vendredi soir les cinq « étages de maîtres » se vident presque entièrement de leurs habitants. Le dimanche, ceux qui logent dans les chambres du sixième se parlent, s'appellent d'une fenêtre à une autre, leurs voix résonnent dans la cour. Ils font la grasse matinée. Vers onze heures, au loin, des cloches sonnent pour une grand-messe. Le quartier est déserté. Dans l'après-midi on entend les passants dans la rue : leurs conversations, par bribes, leurs rythmes de promeneurs.

Le lundi matin l'activité reprend. À six heures les boueux ramassent les ordures. À sept heures la concierge rentre les poubelles. À la même heure, de l'autre côté du carrefour, la boulangère, Madame Soudain, rouvre sa boutique. À huit heures, au 42, la première sonnerie de l'institut Sainte-Clotilde retentit.

Madeleine loue un beau bateau à moteur dans le port d'Antibes. Elle demande au marin de la conduire en pleine mer.

Elle est allée chez le coiffeur qui a reteint en blond les racines blanches de ses cheveux. Elle a mis sa robe de toile rose, ses sandales. Elle s'est faite belle.

Elle emmène son cube de carton gris.

Quand la côte n'est plus qu'une bande noirâtre à l'horizon, elle demande au marin de stopper.

Elle va sur la plage arrière où elle s'assied, ouvre le cube de carton gris, en sort une urne noire. Elle dévisse le couvercle de l'urne. Elle ne veut pas regarder ce qu'il y a dedans, elle sent qu'elle ne supporterait pas, que ça lui ferait trop de peine. Elle ferme les yeux et verse dans la mer le contenu de l'urne. Elle fait ce qu'il avait demandé.

Madeleine referme l'urne, la remet dans le cube

de carton gris. Elle fait signe au marin de rentrer au port.

C'est tout, c'est fini.

– Dis donc, Gisèle, la petite secrétaire du sixième, elle a beaucoup d'amis, non ?

– Plein.

– Des garçons, des filles...

– De tout. Je te dis que, des fois, ils font une de ces noubas là-haut.

– Ils sont jeunes, qu'ils en profitent.

– Y'a pas rien que des jeunes qui montent chez elle... Je me demande pourquoi on appelle ça une nouba.

– Tu te rappelles pas la grand-mère qui nous chantait : « On l'appelait Boudoubadabou, il jouait d'la flûte en acajou... » Après, je me rappelle plus les paroles, ça finissait par : « C'était le plus beau de toute la nouba-a-a. » La nouba, c'était la musique des tirailleurs sénégalais.

– Tu as raison, j'avais oublié. Tu as une de ces mémoires, toi, Germaine.

– On dit aussi la bamboula.

– C'est vrai, encore un truc de nègres.

...

Elle essaie l'image de la plage par un jour de tempête quand les déferlantes viennent se fracasser sur le sable, qu'elles grondent, qu'elle écument... Autant d'échecs.

Ne restent de cet exercice que ses yeux humides de larmes si anciennes qu'elles ne parviennent pas à franchir l'obstacle des paupières. Il y a long-temps, longtemps, très longtemps que cette plage existait pour de bon, qu'elle n'avait pas besoin de la rêver, qu'elle la vivait. Longtemps : dans sa jeunesse, dans son enfance.

...

Elle l'écoute. Il parle des mots. Il y a quarante ans que Simone l'écoute parler des mots et elle ne s'en lasse pas.

Au départ, ils avaient pourtant fait les mêmes études. Mais le professeur de philologie ne l'inté-ressait pas. Elle n'avait vu dans son enseignement qu'un vocabulaire à apprendre par cœur, des clefs qu'il fallait posséder pour être reçue à l'examen. Une fois l'examen en poche, adieu la philologie. Elle aurait son diplôme, elle pourrait enseigner, c'était tout ce qu'elle voulait. Elle imaginait que ce serait avec ses élèves qu'elle s'enfoncerait au plus profond de la matière qu'elle enseignerait.

Et puis elle eut un premier enfant. Son corps était capable de faire ça : elle le savait, mais elle ne savait pas que la maternité pût être à ce point bouleversante. Elle eut cinq enfants en sept ans.

Quand elle prit conscience que ses enfants étaient des êtres humains autonomes (presque des étrangers), qu'ils étaient reliés à elle par un incon-trôlable phénomène affectif, qu'ils étaient embar-qués, elle et eux, dans une relation complexe qu'elle aurait à vivre pour le restant de ses jours, elle conçut un sentiment de culpabilité à leur égard. Car elle les avait portés comme elle avait porté ses examens, comme un sculpteur porte sa sculpture, comme un écrivain porte ses pages. Or, ils n'étaient rien de tout ça, ils n'étaient pas ses œuvres. Ils étaient eux-mêmes et, maintenant qu'elle les avait conduits jusqu'à leurs vies, elle se jura, pour compenser sa légèreté, de s'attacher entièrement à ces vies.

Face à ses enfants, elle se découvrit ignorante. Elle ne sut pas comment prendre leurs rythmes. Elle s'entêta à les comprendre. Du coup, ses propres rythmes s'érodèrent, pour ainsi dire. Il n'y eut plus d'autres études pour elle.

Elle l'écoute parler des mots, elle ne s'en lasse pas.

Lui, au contraire d'elle, s'était enfoncé dans la philologie, il en avait fait sa spécialité. Lui, maintenant, à travers les mots, il voit les pensées s'évader comme des aventurières, traverser des pays étrangers, s'y accoupler avec d'autres pensées, donnant naissance à de nouveaux mots qui sont à la fois d'ici et d'ailleurs, l'ailleurs se cachant parfois dans une seule syllabe, quelquefois même pas, dans une seule lettre. Quand il parle ou quand il écrit, elle sait que les mots sont chargés de leur histoire. Ils sont, en eux-mêmes, des aventures.

Il dit : « Tu vois : roi, droit; il ne reste que le R de la racine originale. Roi, droit, direct, ça vient du latin *rex*, qui vient de l'indo-européen *raja* : ça a filtré dans le germanique allemand *recht*, et dans le germanique anglais *right*... Tu vois ? » Oui, elle voit un éléphant caparaçonné d'or, elle voit Hitler, elle voit la reine d'Angleterre, elle voit Louis XIV, elle voit un tribunal, c'est magnifique un mot ! « Et pourquoi les Allemands disent Kaiser ? – D'abord le Kaiser est un empereur, pas un roi. Kaiser, tsar, tout ça vient de César. Nous, nous avons gardé le souvenir de sa naissance, il est né par césarienne, eux ils ont gardé le souvenir de son pouvoir. (Remarque que le nom César lui-même a une origine qui n'est pas claire, il est probable que cela vient de *caedere* : couper; celui qui naît d'une coupure.) Les peuples ne pensent pas de la même manière. Les mots disent les désirs des peuples, leurs réflexions et leurs obsessions. Aucun mot n'est gratuit. »

Elle ne s'en lasse pas. Elle pourrait passer sa vie à l'écouter. Elle, elle comprend les mots avec la substance de leur sonorité, ils sont les instruments de la communication, ils transmettent une pensée actuelle, une réflexion en train de se faire qui se formule dans l'instant, qui conduit le discours vers le futur. Pour elle les mots vont avec la voix et la forme de leurs lettres. Pour lui, les mots vont avec l'histoire de l'humanité, l'histoire de la pensée.

Parfois, elle regrette d'avoir interrompu ses études.

Sur le boulevard René-Lévesque, Ginette va passer devant une boutique d'électroménager à l'enseigne de « La Flamme électrique ». Sur une banderole rouge, en grandes lettres dorées, est inscrite la devise du magasin; elle se voit bien. En marchant Ginette lit : « Tout objet méritant votre confiance vous donnera satisfaction. » Elle dépasse la boutique. La phrase reste dans sa tête. Qu'est-ce que ça veut dire? Elle se la répète : Tout objet méritant votre confiance vous donnera satisfaction. Ça ne veut rien dire, j'ai dû me tromper. Ça l'intrigue. Elle retourne devant la boutique. Non, c'est bien ça. Ça ne veut rien dire mais c'est efficace : on cherche à comprendre, on ne comprend pas ou on croit comprendre, on s'embrouille, il reste « satisfaction », « confiance »... c'est comme les discours électoraux.

Sylvie Le Plantec fut invitée par un Rotary de province à venir faire une conférence. Elle y parlerait de son récent voyage à Jérusalem.

Elle prit le train de 11 heures 23, en gare de Lyon. Elle choisit une place isolée, près d'une fenêtre.

D'abord, du train, alors qu'ils allaient aborder le Massif central, elle vit un oiseau de proie juché sur une branche. Puis, encore du train, elle vit passer une corneille venant de la gauche. Enfin, toujours du train, elle vit un veau, queue dressée en équerre, déféquer une considérable quantité de bouse.

Ces trois visions successives lui parurent être de mauvais augure.

Alors, bercée par le mouvement du TGV qui allait régulièrement son train d'enfer, elle s'abîma dans une réflexion sur la culture qui l'occupa jusqu'au terme de son voyage : la gare de Valence.

Ces histoires d'oiseaux de proie, d'oiseaux noirs, de leurs vols de gauche à droite ou de droite à gauche qui changeaient les destins des hommes, les faisant évoluer vers la victoire ou la défaite selon les desseins des dieux, c'était ridicule. N'empêche que cela fit de son voyage, du moins dans sa première partie, un cheminement vers le néfaste. Alors qu'elle n'était pas partie pour ça, au contraire.

Les sombres volatiles, le noir, la gauche... La gauche est sinistre, la priorité est à droite (sauf pour les Britanniques)...

« Heureusement, pensa-t-elle, je n'ai pas vu de chat noir. » En y réfléchissant, il lui sembla que le chat noir n'était apparu que plus tard – en tant que bête de mauvais aloi – dans la culture occidentale. Comme si la malchance des humains avait perdu ses ailes en prenant de l'histoire et s'était rapprochée d'eux, était devenue moins sauvage, domestique... encore faudrait-il qu'elle s'informât, elle n'était pas certaine de cela.

Quelle contrariété ces bestioles. Voilà son voyage gâché alors qu'elle se réjouissait de son équipée. Enfin libre, loin de son magistrat de mari. Elle projetait d'aller, après la conférence, chez son frère et sa belle-sœur qui possédaient une bastide du côté d'Orange.

Plutôt réagir que de se laisser faire. Elle savait parfaitement qu'on ne peut pas jeter sa culture aux orties. Cela ne se jette pas comme ça, une culture. On peut la contourner, la digérer, la combattre, la discuter, l'interpréter, que sais-je, mais, quoi qu'il en soit, elle est. Sylvie Le Plantec sait que la Culture est. Point final.

Mieux vaut faire comme les Grecs eux-mêmes qui, pour détourner le mauvais sort, s'attachaient à ne pas employer le sinistre mot « gauche », se servaient d'un autre mot qui voulait dire « le meilleur », quelque chose comme « *aristera* », elle ne sait plus.

72

Débarrassée des noires volailles elle passa au veau. Ce veau qu'elle avait vu déféquer après avoir vu l'oiseau de proie et la corneille. À quoi donc le veau lui faisait-il penser ? Au général de Gaulle. En 1968 il avait dit : « Les Français sont des veaux. » Quelques années avant il avait aussi dit : « Français, je vous ai compris. » Ainsi, en déduisit-elle, le général connaissait le langage des veaux.

« Je m'égare », pensa-t-elle, et elle en revint au veau déféquant un flot de bouse, comme s'il avait ouvert quelque vanne intestine, quelque chose qui ne se passe chez les humains qu'en cas d'empoisonnement grave. Elle se laissa aller à la réflexion tout en contemplant distraitement les vallonnements verdoyants du Morvan et, naturellement, le mot « bucolique » traversa son esprit. Ce mot, amputé de sa première syllabe, joint à l'image du veau, lui parut être un nouveau mauvais présage. Un gargouillis dans son abdomen l'inquiéta : « Est-ce que je couve quelque chose ? »

Couver, couveuse, lui firent penser à sa belle-sœur, à ses cinq enfants par lesquels elle s'était laissé envahir au point de n'être plus rien qu'une pondeuse. Comment son frère pouvait-il la supporter ? Il est vrai que les hommes préfèrent souvent avoir des compagnes insignifiantes, elle en savait quelque chose...

En tout cas, de penser à sa belle-sœur couveuse et à la malchance de son frère la remit dans une meilleure humeur. Elle n'allait tout de même pas se laisser faire par des signes obsolètes, comme ces femmes qui consultent chaque matin leur horoscope dans le journal.

Dès lors elle pensa différemment au veau, à la

manière dont il soulevait sa queue pour faire ses besoins, cette curieuse forme cassée. Les queues des veaux sont-elles articulées ? Les queues dressées ne sont-elles pas toujours droites ? Les queues, les queues... il y en a des grandes, des petites, et des jolies beaucoup. Beaucoup, c'est beaucoup dire. De jolie elle n'en avait connu qu'une seule ; vraiment jolie, blonde, alanguie dans sa mousse dorée, douce, paisible, au repos... Elle sourit, elle allait mieux.

Elle revint à la réalité, à sa position dans le train qui était confortable. Le siège voisin du sien étant resté libre, elle l'avait investi, y avait déposé son sac et déployé un journal pour y poser ses pieds. Elle était donc installée, telle une Romaine, à partager le banquet que lui offrait la large fenêtre à laquelle elle était accoudée. En fait, le banquet fut si copieux et les plats servis si rapidement qu'elle ne grignota qu'un clocher par-ci, une petite gare par-là, un long champ de choux qui, un instant, barra de mauve une colline verte, une couleur, des traces, des perspectives vagues. Elle se perdit dans le ciel qui n'était ni bleu ni blanc : un espace indescriptible limité en haut par le cadre métallique de la fenêtre, sur les côtés par les rideaux jaunes de la SNCF, plissés accordéon, et vers le bas par les lignes changeantes du ballast. Un espace qui n'était rien, bien qu'en fait elle sût que c'était du ciel. Ce rien l'inquiéta. Allait-elle retomber dans le néfaste ? Ah ! non, elle préféra se fuir. Elle se reprit en main en pensant qu'elle ne se fuyait pas, que c'était le train qui fuyait.

Enfin, passé Lyon : le Rhône, le soleil, des arbres

fruitiers, de la vigne en belles rangées. La Provence. Elle arrivait.

Voyons, avec tout ça n'avait-elle pas oublié sa conférence ? Elle en avait appris le commencement par cœur. Voyons : « Tout Occidental, tout humain culturé par l'Occident, qu'il soit conscient ou non des origines grecques, latines, indo-européennes ou judéo-chrétiennes de sa culture, devrait aller au moins une fois dans sa vie à Jérusalem. »

Elle descendit du train en pensant que ça se tenait, que ça avait de l'allure pour un commencement.

22 décembre : au balcon de son palais, image arrêtée du visage de Ceausescu, surmonté d'une chapka conique : bouche ouverte, yeux ronds, sourcils levés. Il vient de comprendre que la foule le hue au lieu de le célébrer. Est-ce que dans ses yeux il y a aussi de la crainte ? Seulement de l'étonnement ?

25 décembre : dans un terrain vague, image arrêtée du visage de Ceausescu fusillé, mort : yeux ouverts sur le vide, plus de chapka, échevelé, front sali de sang noir, pâle, à peine plus indifférent que dans la vie.

La fille s'est amusée à faire des « tirettes », son sang a rosi le liquide. Maintenant elle pousse sur le piston de la seringue et la douleur au cœur vient en même temps que le flash. Une poussière ? Une bulle ? Elle a mal en même temps qu'elle jouit. La fille vit un bonheur atroce.

À chaque fois qu'on emmenait son fils à l'hôpital pour une cure de désintoxication, elle allait faire le ménage chez lui.

Elle trouvait des bouteilles vides partout : sous le lit, derrière les meubles, dans les tiroirs. Elle les empilait dans des boîtes de carton qu'elle portait ensuite dans la pièce de débarras de l'immeuble.

Chaque bouteille était un crève-cœur. Un reproche. Une énigme. Elle se demandait quel crime elle avait commis pour que son fils boive comme ça : à corps perdu.

Par le biais des déambulations de la misère européenne, Véra Lipisky est née à Paris d'un père polonais et d'une mère lituanienne. Elle est française. Elle ne connaît que la France. Elle parle d'autres langues que le français parce qu'elle les a entendues, elle ne les a pas apprises; les autres mots qu'elle connaît viennent des profondeurs de son être, ils bruissent en elle un peu comme le chant des baleines, un chant étrange, profond et très doux. Parfois, malgré elle, ils se propagent dans les mots français, leur donnant un accent inhabituel, sans les déformer pourtant.

Clic.

— Je vis devant ma télévision.

— À cause des événements ?

— Oui.

— Je pense à ton mari tout le temps.

— À cause des mots ?

– Oui, cette langue roumaine si proche de la nôtre. Ce sont nos frères, nos sœurs, nos enfants. Ce sont nos parents.

– C'est bouleversant. Tu as raison; souvent Georges me fait perdre le fil des émissions, il n'écoute et ne voit que les mots; tout ce qui est écrit sur les pancartes, les banderoles, sur les monuments, ce que disent les gens qui s'expriment en roumain. Moi, ce sont les images qui m'empoignent : l'histoire se voit. Tu te rends compte, on voit l'histoire... Lui aussi il pense à toi; encore tout à l'heure il m'a dit : « Mimi doit être dans un état... »

– Quand rentrez-vous à Paris?

– Nous ne savons pas. Viens, toi.

– Peut-être.

– Et ton fils?

– Il ne m'a plus fait signe.

– Décide-toi, nous t'attendons.

– D'accord, je te préviendrai.

Clac.

– Germaine, tu sais la nouvelle?

– Quoi?

– Solange Dumont va se remarier avec Monsieur Grémille.

– Ne me dis pas.

– Si, je t'assure, c'est elle-même qui me l'a appris tout à l'heure.

– Elle est devenue folle ou quoi?

– Elle s'est déjà commandé une robe pour le mariage chez la vieille Russe, tu sais.

– Elle n'est pas russe, elle est polonaise.

– C'est pareil.

...

Il y a longtemps, longtemps, très longtemps que cette plage existait pour de bon, qu'elle n'avait pas besoin de la rêver, qu'elle la vivait. Longtemps : dans sa jeunesse, dans son enfance.

Elle revient à la réalité, elle écoute la nuit... Est-ce que la petite s'agite ? Non, elle est calme.

Elle va de l'enfant à elle comme les vagues : l'une commence, l'autre finit...

Elle s'en veut d'avoir laissé remonter la plage, encore. Comme si elle ne savait pas qu'à chaque fois qu'elle se met dans cet état d'attention figée, aux aguets, au bord de son inconscient, prête à y tomber, voilà la plage qui revient avec son rythme de berceuse, sa fonction de nourrice.

C'est du temps gâché : une fois que la plage est là elle ne sait plus s'en passer, elle voudrait la retenir, elle a peur de la perdre. La plage vient de si loin, intacte, jubilante, attirante, et lourde aussi de tout un tas de signes. Elle pourrait être un trésor, mais en réalité elle est une tombe. Cette eau, ce sable, ce temps ne la font pas progresser, ils la tirent en arrière, ils l'enterrent.

...

Simone est chez le dentiste. Ce qu'elle aime dans la salle d'attente de ce praticien, ce sont les amoncellements de magazines : des *Paris Match* surtout, des *Figaro Madame*, et des *Maisons et Jardins*. Certains sont très anciens, jaunis, gonflés à force d'avoir été feuilletés. Elle prend un *Paris Match* pour regarder des images, pour se repaître impunément d'histoires de petits pois glissés sous les matelas des princesses insomniaques.

Elle tombe sur une entrevue avec Platini. Elle aime le football et comme tous les amateurs de ce sport elle aime Platini. Elle l'a souvent vu courir sur les écrans de télévision : il est fabuleux. Il sait où se trouvent tous les hommes qui sont sur le terrain avec lui, ceux de son équipe aussi bien que ses adversaires. Il sait où ils sont à n'importe quel moment du jeu. Il construit ses attaques ou ses défenses en fonction de ces bonshommes sans cesse en mouvement. Il va, seul, le ballon au pied, conscient des vingt et un chemins que suivent les autres footballeurs, c'est un stratège génial et un buteur miraculeux. Il a trente-deux ans, il va prendre sa retraite. Il répond aux questions d'un journaliste :

« Qu'allez-vous faire de toute cette liberté ?

– Rien.

– C'est horrible de ne pas avoir de projets, de désirs, de passions.

– C'est vous qui le dites. C'est le rêve de tout le monde : les vacances éternelles.

– Ainsi, vous allez rester vacant ?

– Je ne réfléchis pas de cette façon-là. C'est vous qui m'y obligez avec vos questions. Vous, vous trouvez que c'est triste de ne pas se poser de questions. Moi, je pense l'inverse… J'ai commencé le football à six ans et cette passion m'a dévoré. Je veux pénétrer le monde réel, le monde des autres. Pour ce faire j'ai une chance énorme : j'ai trente-deux ans, j'ai le temps… »

Elle lit ça, elle pose sa tête sur le dossier de son siège. Souvent ces gens-là, ces grands des sports d'équipe, n'ont pas la tête aux mots, ce sont leurs actions qui font penser – l'intelligence de leurs actions –, pas leurs paroles. Et puis celui-là, tout simplement...

Pourquoi le temps qui passe ne la surprend-il pas ? Depuis toujours elle a su que le temps passait, qu'il était en train de passer, qu'elle était en train de le faire passer, que c'était elle qui donnait de la dimension au temps, que, sans elle, il n'y aurait pas de temps, qu'il est relatif, qu'avant et après c'est relatif, que sans la conscience de sa mort il n'y aurait pas de temps. Elle sait que le temps est une production des êtres humains, qu'ils ne savent plus s'en passer maintenant. Sans le temps et ses ribambelles de fins, de termes, de débuts, de commencements, ce serait la folie. Il nous faut la communication quotidienne avec la mort pour nous différencier du reste de la création, et nous enorgueillir de cette différence; plutôt mourir que d'être un caillou ou un rat, un arbre ou un chien... Il faut vivre avec ça pour ne pas être aliéné. Absurdement, il faut vivre cette aliénation pour ne pas être fou.

– Vous vous rappelez, vous disiez que le marxisme était mort, que le stalinisme était mort, qu'il restait le communisme.

– Oui, je me rappelle. Je voulais dire que le mot « communisme » symbolisait toujours, pour moi (et je suis certaine de ne pas être la seule), la recherche de ce qui est bon pour la communauté humaine : un rêve, un idéal.

– Ils ne veulent même plus entendre le mot « communisme ».

– Oui, je sais, ils le vomissent. Aussi bien en Allemagne de l'Est qu'en Bulgarie, en Tchécoslovaquie, en Roumanie, partout. Oui...

– Ils veulent l'étoile de Mercedes.

– Ils veulent manger et ils veulent la démocratie.

– Ils ne savent pas ce que ça veut dire.

– Ils le savent peut-être mieux que nous.

– Vous rêvez Mimi, vous rêvez toujours. Vous êtes d'une naïveté.

– Ils veulent un moyen de vivre mieux ensemble qui ne soit pas le marxisme.

– J'ai lu dans un journal que le communisme c'était le chemin le plus compliqué pour aller du capitalisme au capitalisme...

– On trouvera toujours un Français pour dire une chose pareille. C'est amusant, ça a quelque chose de vrai, mais c'est faux. Moi aussi, l'autre jour j'ai ri en entendant quelqu'un dire que la théorie marxiste, c'était la théorie du sous-marin à voile... Tout le monde, dans ce pays, sait faire dire n'importe quoi aux mots. Au bout du compte, les mots tuent ce qu'ils voulaient exprimer ou ne signifient plus rien. Comme s'il n'y avait plus de discours, seulement un brouhaha de syllabes, un tintinnabulage de paroles en l'air. Beaucoup de ceux qui font de l'humour ou de la morale avec ce qui se passe à l'Est n'auraient pas osé ouvrir la bouche sur ce sujet il y a seulement un mois. Il y a une fameuse bande de froussards et d'hypocrites dans ce pays.

« Je suis certaine que ceux de l'Est ne voudront pas du capitalisme; tel qu'il est pratiqué en France en tout cas. À la rigueur celui qui est pratiqué en Amérique du Nord...

– Je ne les vois pas se diriger vers autre chose.

– Laissez-les venir au monde. Laissez-leur le temps. Laissez-les exprimer la démocratie, ce qu'ils rêvent de la démocratie. Il n'existe pas encore de démocratie en France. Nous en sommes toujours, à peu de chose près, à la démocratie athénienne du Ve siècle avant Jésus-Christ qui considérait que ni les femmes, ni les étrangers, ni les esclaves n'avaient voix au chapitre. Il faudrait leur laisser le temps de créer une nouvelle démocratie qui ne soit pas à l'image de la nôtre.

– Mais ils n'ont pas de temps. Ils doivent se décider vite : économie oblige.

À 10 ans une femme est pubère. À 50 ans elle est ménopausée. Tous les 28 jours elle a ses règles. Le 14e jour du cycle elle ovule. Elle porte un enfant 9 mois. 40 jours après l'accouchement elle a un retour de couches.

Monique n'est pas réglée comme il le faudrait, avec elle ce n'est jamais 28 jours, c'est 26 jours, ou 32, ou 40. Elle a toujours de l'avance ou du retard.

Par rapport à quoi?

Solange Dumont a des ennuis : Monsieur Grémille ne veut pas de Mira.

– Quelle est la valeur de l'information donnée par un robot à un Sicilien qui a appris l'anglais pour communiquer avec lui?
– La même valeur que s'il était anglophone.
– Dans tous les cas?
– S'il est devenu bilingue, oui.
– Sinon?
– Il aura de la difficulté, voire une impossibilité, à créer ses propres programmes s'ils sont très élaborés.
– Qu'entendez-vous par « élaborés »?
– Disons, s'ils sont... poétiques? Il devra alors apprendre le sicilien au robot. Autant dire qu'il devra fabriquer un autre robot.

Monsieur et Madame Gornet ont construit toute leur vie sur leur amour. Ils savent que c'est rare, aussi cultivent-ils leur relation comme si elle était une collection d'orchidées.

Lui est épicier, elle est agent immobilier.

Ils se quittent le matin et se retrouvent le soir.

Ils ferment boutique quand elle a fini sa journée. Si elle finit tôt ils ferment tôt. Si elle finit tard ils ferment tard. Le plus souvent c'est vers sept heures, sept heures et demie, qu'ils descendent le rideau de fer.

Comme il tient une épicerie fine, et comme ils sont gourmands, une fois seuls, ils choisissent de quoi faire un bon dîner. Ils ne se privent de rien : caviar, foie gras, saumon fumé, truffes... En hiver du gibier et, en toute saison, des légumes et des fruits superbes qui sont livrés emballés dans du papier de soie : des salades fraîches et croquantes, des pommes de terre satinées, des carottes roses avec leurs fanes, des choux-fleurs joufflus, des artichauts violets, des mandarines avec leurs feuilles, des dattes sur leur branche, des fraises des bois... Chaque jour leur voisin le boucher leur réserve un bon morceau : une araignée, une tranche de foie de veau, des côtes d'agneau de pré salé... Le poissonnier du coin leur fait savoir par son commis qu'il a des soles de Douvres, un arrivage de langoustes ou de belons...

Chaque soir ils récoltent leurs trésors en s'exclamant, y ajoutent un bordeaux ou un bourgogne léger, et un saint-marcellin, ou un picodon pas trop sec. Ils adorent le fromage de chèvre. Ils sortent par l'arrière-boutique et grimpent au deuxième étage de l'immeuble où ils ont leur appartement.

Une fois au nid, dans l'antre, dans la caverne, dans leur auge, ils ne font que s'aimer, manger, boire et parler, et dormir. Toujours dans des clairs-obscurs, des pénombres, des lumières tamisées : les volets ne sont jamais ouverts. Ils se lèvent tôt et le lundi, leur jour de congé, bien souvent c'est déjà le crépuscule quand ils sortent du lit. Ils ont mille caresses à se faire, mille choses à se raconter. Ils se connaissent par cœur, ils savent parfaitement comment se donner du plaisir, ils ne s'en lassent pas. Lui c'est les seins qu'il a sensibles surtout, elle c'est l'intérieur des genoux et entre les doigts de pied. Elle a des déshabillés transparents, lui des vestes de pyjama en soie. Leurs corps ne sont ni beaux ni laids, mais ce sont leurs corps et ils leur conviennent tels qu'ils sont; ils s'y cachent, s'y réfugient, y meurent et y naissent. Leurs corps sont leurs havres, leurs paradis, leurs berceaux, leurs cercueils, ils les font jouir. Ils aiment leurs corps absolument, rien de ce qui vient d'eux ne les rebute, ni la sueur, ni la morve, ni les sanies, ni le sang. Ils passent des heures à se nettoyer mutuellement la peau, à se curer les oreilles. Ils en éprouvent un bonheur lent qui les fait transpirer, qui les mouille partout, qui les enduit d'une sève tiède bonne à lécher.

Ils n'ont pas d'enfants, pas de famille, pas d'amis, pas de chien, ni de chat, ni de perruche. Ils ont leurs clients. Ils se racontent les histoires de leurs clients, de tous ces gens qu'ils nourrissent et logent; une foule avec des baptêmes, des mariages, des divorces, des rencontres et des ruptures, des enterrements. Tout bouge autour d'eux, mais eux, ils sont comme la terre, solides, muets, constants, discrets, repliés sur les innombrables secrets de leur amour.

Les années passent et leur goût d'être ensemble est toujours aussi fort. Ils sont inséparables.

La cinquantaine est venue, ils vont vers leurs soixante ans. Et, un jour, Madame Gornet finit par admettre ce qu'elle refuse de s'avouer depuis un certain temps : son désir est moins grand, elle le perd, et c'est comme un gouffre. Elle est obligée d'accepter ça, elle ne peut plus se raconter des histoires, que c'est la faute aux journées passées à monter et à descendre les étages, que c'est la dernière grippe qui l'a épuisée. Ce n'est pas que

Monsieur Gornet lui plaise moins, c'est qu'elle n'a plus de désir, c'est que son corps lui joue un tour.

Elle se confie à un médecin qui lui ordonne des piqûres d'hormones. Ça va mieux. Elle en veut plus. Le médecin refuse.

– Vous savez ce que vous risquez madame Gornet ?

– Qu'est-ce que je risque ?

– Un cancer.

Elle fait la soumise avec lui, elle accepte qu'il n'augmente pas le traitement, mais elle va voir un autre médecin et un autre, elle double, triple les doses. Ça ne fait rien, elle préfère mourir.

Clic.

– Comme tu tardes à rentrer.

– Il fait si beau ici, si moche à Paris.

– Tu me manques.

– Viens donc, toi.

– Je n'arrive pas à me décider. Il y a tant de choses qui se passent.

– Elles se passent ici aussi.

– En restant à Paris j'ai l'impression de participer, d'être active.

– Décidément tu ne changes pas, ma Mimi.

– Qu'est-ce que tu veux dire ?

– Quand tu venais chez nous en vacances, avec tes parents tu préférais faire du stop pour aller à Avignon ou à Aix plutôt que d'aller te baigner.

– La mer, je l'avais en Algérie, tandis que la musique, le théâtre... C'étaient les tout débuts des festivals... Je t'assure que je ne le regrette pas.

– C'est vrai, grâce à toi... Je n'oublierai jamais *L'Enlèvement au sérail* dans la cour de l'archevêché à Aix la beauté des voix, de la musique. Une nuit tiède, avec des étoiles plein le ciel et, dans les silences, les grillons. Tu te rappelles ?

– Bien sûr.

– Si les parents nous avaient vues là, s'ils nous avaient vues faire du stop. Nous étions hardies tout de même.

– Nous n'étions pas conscientes de notre hardiesse.

– Tu as raison, nous bravions les lois de nos familles, comme tous les adolescents, c'est tout. Mais c'est toi qui m'entraînais, je n'aurais jamais fait ça toute seule...

– Qu'est-ce que tu as ? Tu renifles. Tu es enrhumée... Simone, ne me dis pas que tu pleurniches.

– Mais oui Mimi, je pleurniche, tu me connais, dès qu'on parle du bonheur... Et toi, qu'est-ce que tu as ? Tu t'étouffes ? Ne me dis pas que tu ris.

– Je ris, c'est certain. Tu sais bien que tes pleurnicheries me donnent le fou rire.

– Raison de plus pour venir, parce que en ce moment je pleurniche sans arrêt. Tout ce qu'on voit à la télé. Il y a tant d'espoir, un si grand désir de bonheur, un si grand désir de s'aimer, d'aimer. Désir de se rencontrer, de se toucher, de se voir, de s'entendre. L'autre jour j'ai vu les images des Baltes qui se donnaient la main. Une chaîne gigantesque sur des centaines de kilomètres, à travers les trois pays. Tu as vu ça ? Je pleurais comme un veau, Georges était furieux.

– Tu me donnes envie de venir, tiens.

– Je t'attends.

– Je t'appelle.

Clac.

...

La plage s'enfonçait sous l'eau en pente douce. On pouvait entrer dans la mer en courant. On courait longtemps. Mais, peu à peu, l'eau était plus profonde et il fallait lever de plus en plus haut les genoux pour continuer à courir. Au bout d'un instant on n'y arrivait plus, la course devenait impossible. Alors on s'abandonnait à l'élan qui s'épuisait dans une gerbe d'eau raide, un splash, une claque qui ne faisait pas mal, des bras liquides et fermes qui étreignaient, des bouches fraîches qui embrassaient avidement tout le corps, partout. L'extase. Ce bonheur-là, intense, éprouvé chaque jour et même plusieurs fois par jour.

Elle se disait alors que, plus tard, elle ne vivrait pas seulement le bonheur dans ses plongeons, elle le vivrait pour de bon. Le bonheur était en elle, il ne demandait qu'à s'épanouir. Le bonheur, le vrai bonheur, le bonheur des grands, pas un bonheur d'enfant. Un jour elle serait adulte et elle mettrait en place le dispositif de son bonheur, elle saurait y faire.

Elle pense que la campagne lui produit un drôle d'effet. Les arbres, le ciel, les pierres, malgré elle, lui font faire des bilans. Ils posent des problèmes, proposent des opérations : des soustractions, des additions, des multiplications, des divisions, et ne donnent jamais les solutions; à elle de les trouver. Alors, elle, quand elle est ici, elle n'arrête pas de calculer. Mon Dieu, comme le temps est ennuyeux, il n'arrête pas de s'imposer, il ne laisse pas de repos. Elle se surprend à sautiller d'un bonheur à un autre comme si chaque bonheur de sa vie était une pierre d'un gué. Mais c'est un gué qui est une chausse-trappe : elle ne peut qu'avancer, à peine s'arrêter, elle ne peut pas reculer. C'est-à-dire qu'elle peut reculer en pensée, en mémoire, mais pas physiquement. Ça, elle ne peut pas le faire. Elle peut, avec les souvenirs, rebrousser chemin, mais elle ne peut pas ramener son corps dans les bonheurs passés; elle les trouve si beaux qu'elle se demande s'il en va du bonheur comme du vin, s'il se bonifie en vieillissant.

Les vieux bonheurs sont tellement lumineux. Son Juif errant – elle avait dix-sept ans, elle habitait encore chez ses parents – qui voulait partir, qui est parti. L'amour fou qu'ils avaient eu l'un pour l'autre. Elle qui, pour le retrouver, avait sauté de l'ascenseur entre deux étages, lui qui pleurait contre le mur de la pharmacie, tournant le dos à tout le monde, croyant l'avoir perdue. Jamais plus elle n'avait aimé comme ça. Même Georges. Ça n'avait jamais plus été aussi innocent, l'amour.

En général le bonheur lui fait monter les larmes aux yeux. Son bonheur, et celui des autres aussi : les gens heureux la font pleurer. Pour elle le bonheur est comme l'eau très salée de la Méditerranée, ou comme les oignons coupés en rondelles qu'elle va faire frire, qui vont dorer et parfumer la cuisine. La Méditerranée et les oignons la font pleurer.

C'est doux les larmes, aussi doux que les bébés repus qui s'endorment la goutte de lait au coin des lèvres, la bouche entrouverte contre le bout du sein, prête à le reprendre.

C'est doux le chagrin.

C'est doux la peine quand un bonheur est fini, qu'on ne peut plus le faire durer, qu'il est usé, que plus rien ne fonctionne dans son moteur, ni les mots, ni les regards, ni les caresses, ni les colères, ni même les larmes; cette peine-là est un autre bonheur : calfeutré, dedans. Chapelle abandonnée, ombreuse, juste les murs blancs, frais, et dehors c'est midi.

...

Dorothée Doule est une comédienne de talent, et elle est ravissante. Elle n'a plus vingt ans mais elle a gardé un physique de jeune première. Alors, elle joue les jeunes premières depuis vingt ans.

Sa présence en scène est superbe. Sa voix, bien que haut perchée, a pourtant, venant d'un corps si menu, une profondeur étonnante. Elle a quelque chose qui fait penser à des tartines de confiture, à une tasse de chocolat au lait; elle a la gravité et la légèreté de l'adolescence.

Elle est très demandée, elle enchaîne spectacle sur spectacle. Sa loge est pleine de fleurs : des gerbes, des corbeilles, avec des cartes de visite épinglées dessus. Elle a besoin de ces bouquets; leur profusion imprègne sa loge d'un parfum végétal. Il lui faut l'amoncellement de ces témoignages d'admiration pour tenir le coup chaque jour avant le spectacle. Il lui faut non seulement cette floraison variée mais aussi les rubans, les nœuds, le papier crépon, le papier cristal, pour ne pas fuir le maquilleur, l'habilleuse, le perruquier, leurs assistants, tous ces gens qui s'affairent à la parer pour le sacrifice.

Elle est concentrée. Dorothée Doule est concentrée. Mademoiselle Doule se concentre. La Doule fait la diva. Chut, chut. À mi-voix, pendant que les autres s'agitent, elle fait des italiennes de son texte : les mots les uns après les autres, sans la moindre intonation, sans ponctuation. Elle est repliée sur son estomac noué, sur son trac. Elle a des gargouillis. De temps à autre elle lâche un petit pet empesté ou un hoquet sec. D'un sourire elle s'excuse, d'un de ses jolis gestes elle chasse ces incongruités. Elle fait ça machinalement, au milieu de la litanie de son texte, pour le principe, parce que ça va avec son personnage; tout le monde est du métier ici, tout le monde comprend.

L'odeur des fleurs, du make-up, de la poudre de riz, les gens, la voix du régisseur qui murmure dans le haut-parleur de sa loge : « Lever du rideau dans dix minutes », « dans cinq minutes », « On demande l'habilleuse chez Monsieur Dieudonné », et le bruit du public qui arrive par là, qui grossit, qui devient brouhaha, quelqu'un qui tousse : une meute qui la traque. On court dans les couloirs, on se presse : « Dans deux minutes. Mademoiselle Doule, en coulisse s'il vous plaît. Mademoiselle Doule, en coulisse. »

Elle y va, elle ne peut pas reculer, elle est faite comme un rat. Elle est derrière un pendrillon, elle entend la première réplique, la deuxième, elle étouffe dans son corset de marivaudage. C'est à elle, elle entre. Les projecteurs l'aveuglent, immédiatement elle sent le public silencieux qui la prend, qui la dévore. Elle parle ; les premiers mots, qu'elle croyait perdus à jamais dans sa peur, sortent aisément de sa bouche. Elle évolue. Elle donne tout ce qu'elle a, le public le sent, il l'aime, elle le sent. Elle est heureuse.

Chaque soir elle est heureuse à en crever.

Madame de la Porte ne sait pas où elle va. On lui dit qu'elle est au marché, qu'elle prépare un repas, qu'elle a un mari, des enfants, des petits-enfants. Ce qu'on lui dit est toujours la réalité. Elle l'admet, elle ne dit pas le contraire, elle est d'accord : elle est au marché, elle cuisine, elle a un mari, des enfants, des petits-enfants, c'est exact. Mais, en vérité, elle, elle ne sait pas où elle va. Elle marche à côté de ses souliers.

Elle a perdu jusqu'au souvenir de sa destination.

Elle ne sait qu'une seule chose, c'est qu'elle n'est pas sur son chemin, mais c'est un secret.

Pas de client dans le magasin. Solange Dumont est à la caisse, penchée sur une feuille de papier, un crayon à la main. Entre Monsieur Grémille.

– Vous n'avez pas encore fini votre mot croisé Solange ?

– Je l'ai fini depuis longtemps, j'essaie d'en faire un moi-même.

– Vous ?

– Oui, pourquoi pas ?

– Je ne sais pas, ça ne me viendrait pas à l'idée.

– J'aime beaucoup penser aux mots. Les mots, c'est comme les fleurs, c'est vivant, ça bouge.

– Ah! Solange, vous êtes merveilleuse, tout n'est que froufrou avec vous. Quelle fraîcheur, quelle légèreté!

– On peut s'amuser avec les mots, on fait des jeux de mots. Tenez, en ce moment, à l'Est, ils suppriment le mot « communisme ». Ils en mettent un autre à la place et, pfuitt! il n'y a plus de communistes. C'est magique un mot.

– On ne parle que de l'Est, ça en devient fastidieux. Je commence à en être écœuré. Moi, je peux toujours mettre une étiquette « Lilas » sur les marguerites, je vous assure que ça ne marchera pas.

– Évidemment. C'est ce que je voulais dire. Les mots, ce n'est pas si léger que ça.

– Il y a des moments où je ne vous suis pas. Vous êtes toujours à plaisanter, je ne sais pas quand vous êtes sérieuse. Certains jours je me demande si vous avez sérieusement accepté de m'épouser, Solange.

– Tout à fait sérieusement. Mais depuis que vous m'avez dit que vous ne vouliez pas de Mira, je ne sais plus.

– Et vous me dites ça comme ça.

– Comment comme ça?

– Comme ça, tranquillement, en pleine journée de travail, alors que mon comptable doit arriver d'un moment à l'autre. Vous le savez bien, pourtant.

– Croyez-vous que, pour moi, votre comptable soit plus important que Mira?

– Vous parlez sérieusement?

– Tout à fait.

– Mais n'avez-vous pas commandé votre robe ? Et les bans ? Ils sont publiés.

– La belle affaire. Tout ça peut changer. Une robe, ça ne sert pas qu'à un mariage. Des bans, c'est publié, c'est tout, ça n'oblige à rien. Si tout ce qui est publié devait être important...

– Mais le quartier est au courant, tous les commerçants... De quoi aurons-nous l'air ?

– De gens qui réfléchissent, de gens sérieux.

– Vous vous moquez de moi.

– Un peu.

D'un geste aimable elle ajuste sa cravate, lui donne un baiser sur le bout du nez.

– Tenez, votre comptable, le voilà justement qui arrive.

– Ah, les femmes ! Vous m'avez coupé les jambes.

– Si ce n'est que ça. C'est que j'y tiens, moi, à Mira.

– Vous avez peur de l'Allemagne, vous ?

– Je devrais.

– Comment cela ?

– Né à Strasbourg, père enrôlé de force dans la Wehrmacht, études secondaires à Sedan, et pour finir professeur à Verdun. C'est tout un contrat.

– Je vous croyais moins soumis à votre histoire.

– Toute l'histoire de la France nous conduit à avoir peur de l'Allemagne. Ça remonte à la nuit des temps. Primo, c'est une des premières choses qu'on apprend à l'école ; la peur des Allemands est liée à l'enfance depuis que l'instruction publique est obligatoire en France : les Wisigoths, les Ostrogoths, les Germains, ces terribles envahisseurs. Dans la foulée, quand on est petit, on les confond avec les Huns, l'épouvantable Attila qui réchauffait ses steaks sous son derrière; il n'avait pourtant rien de teutonique. Comment oublier la grosse Bertha, les casques à pointe, les soldats boches qui nous forcent à bouffer des rats, qui clouent les chouettes et les petits enfants aux portes des granges, et puis, tout près de nous, le nazisme et les camps de concentration? Ça fait peur.

– Moi je n'ai pas peur de l'Allemagne. Ça doit tenir au fait que je suis née en Algérie, que j'ai vécu la Seconde Guerre mondiale là-bas, que je n'ai jamais vu un Allemand en uniforme pendant la guerre, pas le moindre SS... Les camps de concentration c'est Hitler, ce n'est pas l'Allemagne.

– Et leur redressement économique, ça ne vous fait pas peur? Vous vous rendez compte de leur force : en vingt ans, faire d'un pays en ruine la plus grande force économique de l'Europe. Ça fait peur, ça fout des complexes.

– Personne ne veut d'une Allemagne reconstituée.

– Oui, mais comme nous nous targuons de démocratie, nous ne pourrons pas empêcher que ça se fasse. Après tout, c'est le désir d'un peuple qui s'exprime...

– En ce moment il y a deux mille Allemands de l'Est qui passent à l'Ouest chaque jour.

– Ils nous forcent la main.

– Ils sont obstinés... Pour moi, l'Allemagne c'est la philosophie.

– Et le romantisme, sans doute ?

– Ça, je ne le ressens pas. Goethe, Hölderlin, Novalis ne me touchent pas, je ne sais pas pourquoi. Pourtant le romantisme lyrique des musiciens allemands me bouleverse. Wagner, les *Nibelungen*, ça me bouleverse. Oui, mais ce que j'ai appris au cours de mes études, ce qui est encore vivant en moi, c'est la maîtrise des philosophes allemands. Nous, nous avons de la maestria, c'est plus brillant, c'est moins profond.

– Vous pensez à Foucault.

– Non. Non, ne touchons pas à Foucault, il est si important pour moi et, en ce moment, tout le monde le dénigre, ça m'enrage. N'en parlons pas.

– Si, parlons-en, j'adore quand vous enfourchez ce cheval-là, Mimi.

– Il n'en est pas question. Nous en étions aux Allemands, restons-y. Quand je faisais mes études j'ai plus d'une fois regretté de ne pas savoir l'allemand, d'être incapable de lire dans le texte Kant, Hegel, enfin tous... ces bulldozers du raisonnement, ces ratisseurs, ces super-sondes de la pensée. J'ai été très impressionnée par leur rigueur, la précision de leurs analyses, l'intelligence de leur démarche. C'est vrai que ça fait peur ça aussi. Ils pensent mieux, enfin, disons qu'ils pensent plus efficacement.

– Le romantisme plus l'efficacité, ça donne Hitler.

Une cliente de Monsieur Gornet entre dans son magasin. Elle porte au bras un bébé d'une dizaine de mois. Elle se dirige vers la caisse et dit à Monsieur Gornet :

– Je voudrais un steak haché de cinquante grammes pour le petit.

– Mais je ne fais pas de boucherie, madame Paoli.

– Oh! pardon monsieur Gornet, j'ai la tête en l'air en ce moment.

Germaine et Solange ont décidé de passer ensemble la journée de dimanche, elles ont des choses à se raconter. Elles iront promener Mira jusqu'aux arènes de Lutèce et elles rentreront par le Luxembourg : une grande balade. Après, elles verront; peut-être le cinéma. Elles verront bien.

Elles veulent parler des hommes, toutes les deux, seules, pendant des heures. Une de ces conversations impudiques et indécentes où « l'éternel féminin en prend un mauvais coup », comme dit Gisèle avec un soupçon de réprobation. C'est que Germaine est en train de rompre et que Solange se demande si elle va rompre; elle n'arrive pas à avaler le refus de Mira.

L'hiver n'est pas froid cette année à Paris, en ce début de février c'est déjà le printemps.

Mira trottine devant elles.

Germaine : Qu'est-ce que tu veux, il est d'une vulgarité, d'une grossièreté... L'autre jour, je lui dis : « Bientôt c'est la Saint-Valentin. » Lui il me répond : « J'en ai rien à foutre. » Moi : « C'est la fête des amoureux, quand même. » Lui : « Les amoureux mon cul, oui... »

Solange : Ça ne m'étonne pas de lui. Remarque,

il a raison : on s'en fiche de la Saint-Valentin (je ne sais pas pourquoi tu es allée lui parler de ça), mais enfin on peut le dire moins grossièrement. Moi, Grémille, c'est le contraire, il est courtois, précieux…

G. : Je me suis souvent demandé s'il n'était pas un peu homosexuel.

S. : Il ne l'est pas. Mais peut-être qu'il ne l'est pas parce qu'il n'a jamais osé l'être, il est tellement timoré.

G. : Moi je crois que tous les hommes sont plus ou moins homosexuels.

S. : Pas les femmes ?

G. : Les femmes aussi, mais nous c'est pas pareil, on n'a pas besoin d'assaillir pour gagner. Nous, on envahit, on inonde, on pollue.

S. : Des fois c'est pire.

G. : Y'a rien de pire que les femmes.

Les voilà parties à rire. Toutes les deux :

– On dit n'importe quoi.

Leurs rires grandissent, se nourrissent de toutes leurs forfaitures de femmes, une histoire en amène une autre, et plus il y en a et plus elles rient. Elles s'en tiennent les côtes. Elles doivent s'asseoir sur un banc pour rire plus à leur aise. À un moment Solange se lève et entonne son désormais fameux : « Hélas ! elle est cent fois, mille fois plus rebelle que n'est le tigre au bois », avec la révérence sur « bois ». Les gens qui les dépassent les trouvent sympathiques et sourient : il y a de plus en plus de dames indignes.

Peu à peu elles se calment et, soudain, Germaine :

– Moi, Grémille, je le trouve bien. Il est distingué cet homme-là. Comme amant, disons qu'il n'est pas mon genre, mais comme mari, je suis sûre qu'il sera bien.

– Oui, tu crois?

– Je te dis ce que je pense.

– Il ne veut pas de Mira.

– Il est jaloux.

– Il est maniaque plutôt.

– Tu le feras changer.

– Je ne me marie pas pour faire du dressage.

– Mais enfin, Solange, qu'est-ce que tu attends de ce mariage?

Solange ne répond pas. Elle cherche une réponse et ne la trouve pas. La question reste en l'air : que peut-on attendre du mariage?

Elles arrivent au Luxembourg. « Le mois de février est d'une douceur cette année. » Elles s'installent en plein soleil sur un coin de pelouse; Germaine avait prévu un plaid à cet effet. Des crocus jaunes et violets traversent déjà la terre croûteuse de l'hiver.

Un jeune homme vient s'asseoir sur un banc non loin d'elles. Il ouvre sa radio. Elles entendent un reportage, une voix de femme :

« ... Il a maintenant près de deux heures de retard. Des rumeurs courent, elles sont alarmantes. Il paraît que, pour des raisons de sécurité, il ne sortira pas aujourd'hui, ou alors qu'il ne sortira pas à pied, qu'un hélicoptère le transportera directement au stade où la foule s'est amassée depuis hier. On craint une émeute. Quoi qu'il en soit, à cause de la chaleur qui est accablante et qui ne peut que s'accroître, et à cause de la multitude qui vit, depuis hier, dans un véritable état de délire, il est clair que la situation est inquiétante et ne saurait durer longtemps. Le peuple veut le voir. Voilà vingt-sept ans, ainsi que je vous le disais tout à l'heure, vingt-sept ans que personne ne l'a vu. Son image a été interdite dans tous les médias depuis vingt-sept ans. Il a soixante-douze ans aujourd'hui, sur les dernières images que nous avons de lui, il avait une quarantaine d'années.... Hier, on nous a donné en pâture une photo qui le représente avec le président De Klerk. Il est assis, il a l'air en bonne santé, on ne se rend pas vraiment compte. Vous avez dû voir cette photo, elle a été diffusée dans le monde entier. Attendez, attendez... Non, toujours rien. J'avais aperçu un nouveau mouvement dans la foule, mais ce sont d'autres voitures de police qui arrivent, escortant des personnages officiels. Le déploiement policier est énorme. Je vous disais que les gens ont attendu vingt-sept ans et que maintenant ils n'en peuvent plus, ils n'attendront pas une heure de plus, ils veulent le voir vivant, ils veulent le voir bouger. On dit ici que les conditions de détention dans les prisons sud-africaines sont très pénibles, que sa santé est plus que chancelante, qu'il est rongé par la tuberculose, qu'il est détruit. Mais sa femme, Winnie, qui a pu le rencontrer à plusieurs reprises, prétend qu'il se porte bien. Eux, les milliers de personnes qui l'attendent, ils ont besoin de le voir... Pourquoi retarde-t-on autant sa libération ? Attendez, attendez... Il y a un mouvement de foule du côté des grilles du camp, des gens courent, des photographes... Le voilà ! Je le vois, mesdames et messieurs, je vois Nelson Mandela ! Je le vois, il est... magnifique, magnifique. Il est grand, mince, élégant. Il a l'air en pleine forme. Il sourit, il rit même. Ses cheveux sont blancs mais drus, et toujours avec la raie de côté qu'il avait déjà sur les photos de sa jeunesse. Ce vieil homme superbe, c'est Mandela sortant de prison. Rendez-vous compte. C'est fou! Le mur de Berlin, aujourd'hui Mandela, c'est fou! Sa femme est à ses côtés, ils se tiennent par la main. C'est le délire ici, le délire. Je vous laisse entendre les acclamations. (Elles entendent un brouhaha.) Voilà. Il s'approche de nous, il serre quelques mains, il se dirige vers la limousine qui va l'emmener au stade. Sa démarche est souple, son dos est droit, il est d'une fraîcheur étonnante. Avant de prendre place dans la voiture il lève le bras, il lève son poing fermé. Winnie aussi lève son poing. L'enthousiasme est à son comble mesdames et messieurs, l'enthousiasme est à son comble... »

Le jeune homme a éteint sa radio. Il part en courant vers la rue de Vaugirard.

Solange rêveuse :

– Winnie, il paraît que c'est un pistolet celle-là.

– Winnie, Helena, Raïssa, tu crois qu'on saura un jour l'histoire de toutes ces épouses? À propos, tiens, elle s'appelle comment la femme de Walesa?

– Je ne sais pas.

– On n'entend pas beaucoup parler d'elle.

– Elle fait des enfants, elle ne peut pas tout faire.

– Elle en a huit, je crois.

– Quelque chose comme ça, pour le moment.

Elles se taisent.

De nouveau les bruits d'un après-midi dominical à Paris s'installent sur leur gazon. Solange dit :

– Mais Germaine, pourquoi tu t'en fais pour ce mec ? Tu n'as qu'à partir puisque tu en as assez, tu n'as pas besoin de lui.

– Je ne sais pas partir.

– Qu'est-ce que tu racontes ? Et Jean alors, il y a cinq ans, il faut voir comment tu l'as laissé tomber.

– J'ai fui, je me suis enfuie, c'est lui qui me quittait.

– Il pleurait dans le giron de tout le monde que c'est toi qui le larguais.

– C'était sa méthode : il séduisait en se faisant plaindre. Il faisait ça très bien. Ah ! lui, lui, je ne l'oublierai jamais, il sera mon dernier amant. J'aurai d'autres hommes peut-être, mais je n'aurai plus d'amant.

– Raconte.

Germaine se met à raconter l'histoire interminable d'un amour fou et Solange l'écoute passionnément. Jusqu'à ce que le soleil soit moins chaud, et leur fasse plier bagage.

Chaque dimanche, Jeanne reçoit sa grand-mère à déjeuner.

Après le repas la vieille dame s'installe devant la fenêtre du salon. Elle tricote. Elle regarde dehors, elle regarde dedans, elle regarde Jeanne, elle regarde les enfants, elle regarde son ouvrage. Elle regarde sans arrêt. Elle sourit beaucoup. Quand elle tricote des chaussettes à quatre aiguilles, ou des moufles, on entend un cliquetis métallique qui vient de son côté. Elle parle peu, elle écoute, elle intervient rarement dans la conversation. On dirait qu'il ne lui est jamais rien arrivé. Pourtant elle a vécu deux guerres, elle a perdu son mari, deux de ses six enfants, elle a eu un cancer du sein. Jeanne sait tout ça.

Un jour que Jeanne la questionnait et qu'elle sentait sa petite fille déçue par la brièveté de ses réponses, elle a eu un grand sourire dans ses yeux, presque un rire, et elle a dit : « Ah! ma Jeanne, si mes tricots pouvaient parler! »

...

Il est onze heures : les hulottes viennent de crier. La nuit est tiède, avec des grenouilles et même des grillons. (C'est incroyable, l'hiver n'est même pas fini.) La nuit est lourde avec un orage au loin. Elle a cru d'abord qu'il s'agissait d'un avion de la base de Salon-de-Provence qui exécutait un exercice de nuit. Mais les grondements se sont répétés et rapprochés et elle sait maintenant que c'est un orage qui roule dans le ciel et pas un avion.

Souvent les enfants pleurent par des nuits pareilles, mais pas la petite fille de Linda. Ce bébé est sage. Elle ne se souvient pas d'avoir eu un enfant aussi sage.

Elle ne veut pas penser à ses enfants, c'est un sujet qui la dérange.

...

Clic.
– Je viens aux nouvelles. Georges est rentré ?

– Il est rentré hier soir, très tard. Il est abattu.

– Abattu?

– Abattu, je ne trouve pas d'autre mot. C'est vrai que le voyage de retour était fatigant : Cracovie-Varsovie en auto. Et puis Varsovie-Paris en avion. Et puis Paris-Marseille en avion. Et, pour finir, une heure et demie d'auto pour rejoindre la maison. Mais il en a fait d'autres. Ce n'est pas le voyage, c'est ce qu'il a vu là-bas.

– Mais quoi?

– Écoute, je vais te le passer, il est à côté de moi.

– Ne le dérange pas.

– Ça ne le dérangera pas, au contraire, il a envie de parler. Tiens, le voilà.

– ...

– Allô! Mimi.

– Allô! mon Georges. Il paraît que tu es abattu.

– Tu la connais, elle et ses mots... Il faut toujours qu'elle exagère, tu connais ta cousine... Abattu... dans le fond elle a peut-être raison, c'est peut-être le mot qui convient. Oui, elle n'a pas tort, je suis abattu.

– Raconte.

– J'ai trouvé ça terrible.

– La misère.

– Oui, oui, la misère, la pollution, le délabrement de tout. Mais ce n'est pas ça. Ce sont les étudiants qui m'ont chamboulé.

– À Varsovie?

– Non, à Katowice, en plein bassin houiller. La Ruhr de la Pologne si tu veux. Des enfants de mineurs, d'ingénieurs. Les cinq années du département des langues romanes. Ils parlaient très convenablement le français.

– Et alors ?

– Alors, je n'ai pas su communiquer avec eux.

– Toi ! Mais comment c'est possible ?

– Leur système de référence est complètement différent du nôtre. Le communisme les a détruits. Ils haïssent le communisme mais ils ne se pensent qu'en fonction d'un État. Voilà quarante ans qu'ils travaillent pour un État qui les entretient mal, qui les entretient dans une misère de plus en plus grande. Ils veulent un État où ils travailleront moins, qui les entretiendra mieux et, surtout, qui ne sera pas communiste. Le travail, la misère, la peur, tout ça c'est du communisme. Voilà quarante ans qu'ils vivent de combines et de mendicité étatique. Eux, les jeunes, ils ne savent même plus penser le travail. Est-ce que tu comprends ce que je veux dire ?

– Il me semble, oui. C'est comme s'ils étaient sur le RMI.

– Pas du tout. Pas du tout. Ils sont plutôt comme les Canadiens ou les Américains qui vivent sur le Bien-être social ou sur le Welfare. Et encore même pas. La misère, c'est le fruit de leur travail, tu comprends.

– Oui. Mais alors, quand ils parlent de démocratie qu'est-ce qu'ils veulent dire ?

– Je n'en sais rien. Ils ne savent même pas ce que ce mot veut dire. Tous les avantages que nous nous sommes battus pour avoir, et que nous considérons comme autant de progrès sociaux, eux, il y a longtemps qu'ils ont tout ça : allocations familiales, retraite, avortement gratuit, etc., mais c'est tout ce qu'ils ont.

– Mais en quoi consiste l'activité politique de ces jeunes? Ils sont à Solidarność, je suppose.

– Pas du tout. Un garçon m'a dit : « Solidarność ou le communisme, c'est la même chose. » Et une fille a expliqué : « Solidarność c'est contre les Russes, c'est pas contre le communisme. » L'horreur, pour eux, c'est le communisme. Ils ne veulent pas entendre parler des coopératives. Quand je leur ai parlé de coopératives agricoles ou étudiantes, ils se sont écriés : « Coopérative, non, ah! non! » Quand je me suis rendu compte de ça, de ce gâchis...

– Il paraît que la pollution est énorme.

– Tu n'imagines pas. Moi, je suis de ma génération : la pollution, je trouve ça important, mais il ne faut pas trop me casser les pieds avec ça, tu vois ce que je veux dire.

– Tout à fait.

– Eh bien, ma chère Mimi, au bout de vingt-quatre heures à Cracovie je suis devenu d'un vert vif, il n'y a pas plus Vert que moi maintenant.

– Ça aura au moins servi à ça...

– C'est révoltant d'avoir laissé un peuple dans cette poubelle. Ça pue l'oxyde de carbone. Tu te rappelles les gares de notre enfance? Eh bien, ça sent partout comme ça; la mauvaise combustion du charbon. Le matin je me réveillais avec mal au crâne et des vertiges.

– Pauvre toi.

– Il paraît que les enfants souffrent d'asthme, de bronchite chronique. Les arbres crèvent. Il faut le voir pour le croire.

– Mais, les étudiants, qu'est-ce qu'ils te posaient comme questions? C'était quoi leur curiosité?

– L'Allemagne. La frontière Oder-Neisse. Ils reprennent l'histoire là où ils l'ont laissée quarante ans plus tôt. Il ne faut pas leur dire qu'ils ont à gérer leur passé. Ils ne te comprennent pas puisque leur passé, c'est leur présent. Si l'Allemagne touche à leur frontière, c'est la guerre. Du coup ils demandent à l'armée russe de rester chez eux, et Dieu sait qu'ils en ont marre des Russes.

– Mais, ces étudiants, tu as dit que Solidarność ne les attirait pas, est-ce qu'ils militent ailleurs?

– Non. Je le leur ai demandé, ils m'ont dit que non. Est-ce vrai? Est-ce un vieux réflexe de peur qui les fait se taire? Pourtant j'ai eu l'impression qu'ils parlaient librement. Momentanément ils se laissent vivre. Leurs profs m'ont dit que, pour l'instant, il y avait un véritable état de grâce en Pologne. Ils vivent avec leur misère comme d'autres vivent avec un pied bot. Ils sont débarrassés du communisme et ils jouissent de ça.

– Et l'Église?

– Alors ça! c'est un gros os et ils en parlent. L'Église a aidé la résistance, elle est respectée à cause de ça. Les étudiants ne l'ont pas critiquée directement. Ils ont parlé de la morale chrétienne qui étouffe les gens. Ça ils l'ont exprimé. Une fille m'a signalé qu'un projet de loi tendant à repénaliser l'avortement avait été sérieusement étudié avant les événements récents. Pour l'instant « on » ne parle plus de ce projet, mais la fille a dit, avec un air furieux, que dès que ça se calmera « on » en reparlera. Elle a dit « on », elle n'a jamais dit « le clergé » mais c'est ce qu'elle voulait que je comprenne... Un lundi matin je suis entré dans une église, pour voir. Il était dix heures. C'était plein de gens qui priaient, à genoux, par terre, des jeunes autant que des moins jeunes. Il y avait tant de monde dans et autour de la chapelle de la Vierge noire que j'ai dû enjamber les fidèles pour continuer mon chemin... Et, je te le rappelle, c'était un simple lundi, à dix heures du matin.

– Rien ne t'a exalté pendant tout ton séjour.

– Si, un concert Mozart donné par le premier orchestre non étatique. Une grande formation, une trentaine de musiciens, jeunes. C'était magnifique, inoubliable. Et puis aussi, sur la place du Marché, à Cracovie, un orchestre de jazz, épatant. Six ou sept hommes de mon âge, la soixantaine, des ouvriers habillés comme des ouvriers, mais avec une casquette bleue sur la tête, tous la même casquette, pour faire groupe. Ils jouaient bien, vraiment bien, des airs de notre jeunesse, du vieux jazz formidable. Ils avaient trouvé ce truc-là pour se faire de l'argent.

– C'est peut-être par là qu'ils vont s'en sortir, qu'ils vont renaître, par la musique, par l'art.

– Peut-être... Les gens trafiquent de tout dans les rues. J'en ai vu debout, au bord d'un trottoir, qui vendaient des bijoux : des petites chaînes avec des médailles, des petites bagues, mais visiblement des bijoux en or et anciens. J'ai cru qu'ils vendaient leurs bijoux de famille. Il paraît que non, que ce sont des Russes et quelques Polonais qui vendent, en Pologne, les butins des petits casses soviétiques. Ils changent les zlotys en dollars, repartent pour l'Union soviétique, reviennent. Il y a un incroyable trafic de devises. L'inflation, cette année, a dépassé les 1000 p. 100.

– C'est l'apocalypse mon pauvre Georges.

– L'apocalypse ma pauvre Mimi.

– Quand on pense à ce qu'a été le communisme pour ceux de notre génération...

– Oui, c'est ça : nos espoirs, nos colères, nos haines... Quand je pense à mes hésitations, à mes scrupules... à la mauvaise conscience que j'avais de ne pas oser aller m'inscrire au Parti. Quand je pense que je me suis envoyé deux fois *Le Capital*...

– Et les fêtes de *L'Huma*, notre désir de fraterniser, tu te rappelles?

– Tu parles... Oui, et oui...

– Qu'est-ce que tu dis?

– Non, je parle à ta cousine chérie qui souligne qu'il y avait des garderies où les enfants s'amusaient comme des fous à la fête de *L'Huma*, et que nous, nous dansions, nous... Enfin bon, tout ça... Tu sais, mon séjour en Pologne, je l'ai vécu comme un enterrement. On pense toujours à sa propre mort quand on va à un enterrement, et moi, j'ai pensé à ma jeunesse morte. Une mort lamentable.

– Mais pourquoi?

– Parce que je ne me suis pas engagé – Qu'est-ce que tu racontes?

– Je raconte que, face à ces jeunes qui ont la cervelle ravagée par le communisme, je me suis senti nul. Pour pouvoir leur parler il aurait fallu qu'il y ait en moi la connaissance d'un engagement réel, la cognition de l'engagement. Je me suis senti mou, tu comprends, inconsistant. Il leur faudrait du feu qui ne soit ni celui de la religion ni celui de Solidarność, ce feu autour duquel j'ai tourné toute ma jeunesse et auquel je n'ai pas osé me livrer... Je déteste les Occidentaux qui, ces jours-ci, se frottent les mains en constatant la déchéance de l'Est. Je déteste l'outrance de leur triomphalisme, comme s'ils avaient fait un choix! Comme s'ils avaient choisi d'être à l'Ouest... Je suis allé en Pologne, j'ai regardé les Polonais comme s'ils avaient été dans les cages d'un zoo, et je suis revenu comme un lâche.

– Mais qu'aurais-tu pu faire d'autre mon pauvre Georges?

– J'aurais pu y rester, m'engager cette fois.

– ...

– Tu ne me dis rien.

– Que veux-tu que je te dise? Avoue que ton attitude est puérile.

– Dis-moi quelque chose.

– T'engager c'est te définir, c'est militer d'une manière ou d'une autre. En es-tu capable aujourd'hui plus qu'hier? Inscris-toi chez les Verts.

– Je ne sais pas. Ce qui me tient lieu d'idéologie c'est ce vague qu'on appelle la gauche en France, cet espace libre qui se situe entre le communisme et l'anticommunisme. Ces limites me suffisaient pour me situer. Maintenant ce vague est trop vague, cet espace est trop libre, je suis au pied du mur... Il faudrait créer un nouveau discours, transgresser. Je ne suis qu'un mouton.

– Tu n'es pas le seul.

– Ce n'est pas une consolation. Quoi?... Où?.

– Qu'est-ce que tu dis?

– C'est encore ta cousine. Tu sais qu'elle a cette habitude détestable de te parler pendant que tu es au téléphone.

– Qu'est-ce qu'elle dit?

– Je n'en sais rien, elle raconte des histoires sur le bonheur.

– Passe-la-moi.

– ...

– Qu'est-ce que tu racontes ma chérie?

– Je disais que ce n'est pas facile de faire le bonheur des gens.

– À propos de qui, de quoi, tu disais ça?

– En général et à propos de Georges en particulier. Moi, je crois qu'il est parti là-bas avec l'espoir d'aller au bout de Mai 68. 68, ça a été le temps le plus fort de notre vie. Nous nous sommes sentis si généreux, si jeunes, capables de changer, d'apprendre, d'ouvrir. Nous en gardons la nostalgie. Tu ne crois pas?

– Si.

– Les événements de l'Est nous sont apparus, d'ici, comme un super-68. Georges croyait que, fort de son expérience soixante-huitarde, fort de l'analyse de nos erreurs de l'époque, il allait arriver là-bas et reprendre les choses où elles en étaient restées à la rentrée d'octobre. Mais ce qu'il a trouvé c'est bien plus grave, bien plus lourd, bien plus ancien. Voilà des gens qui, depuis des décennies, vivent, à une heure et quart d'avion de nous, une existence inacceptable. Je crois qu'il se sent coupable.

– Il entend ce que tu dis?

– Non, il est sorti, il est allé voir le plombier. On fait faire une nouvelle salle de bains. Tu sais, là où il y avait une bergerie dans le temps. Ça va être très beau.

– De quelle couleur ?

– Blanc et rouge. Ça sera fini bientôt. À propos, tu te décides à venir ?

– Oui, oui, la semaine prochaine probablement. Je te dirai.

– Je t'attends. Je t'embrasse ma Mimi.

– Moi aussi ma chérie.

Clac.

Monique et Nicole se préparent : elles vont au mariage de Claire. Monique est venue s'habiller chez Nicole parce qu'elle a une salle de bains. Elle dit :

– Ma copine Aymard est aussi invitée. Tu sais, ma copine qui est surveillante générale au collège Sainte-Clotilde, à côté de chez tes parents ?

– Oui. Et alors ?

– Je lui ai dit de venir nous rejoindre chez toi. Ça ne te dérange pas ?

– Pas du tout. Tu as bien fait.

Elles sont silencieuses.

Nicole mène une existence laborieuse et sage : l'hôpital-la maison, la maison-l'hôpital. Elle travaille pour se spécialiser, bientôt elle sera assistante anesthésiste. Peut-être pourra-t-elle ouvrir un cabinet. En attendant elle fait des piqûres dans le quartier, elle a quelques clients. Claire est sa cliente, c'est Monique qui les a mises en contact. Claire est nerveuse, elle fait de l'asthme. Claire est coquette et comme elle a tendance à grossir elle suit des cures amaigrissantes. Claire aborde la quarantaine et ses hormones commencent à lui jouer des tours, pour ça aussi elle suit des traitements. Claire se soigne. Claire et Nicole se voient donc assez souvent. Elles se sont liées d'amitié. Elles bavardent. Elles parlent boulot; le boulot ça les connaît.

Nicole admire l'esprit méthodique de Claire. Avec elle, pas question de mélanger les torchons et les serviettes. Pas question de se tromper.

Nicole ne comprend pas comment Monique, qui est le désordre incarné, et Claire, qui est tout le contraire, sont tellement copines. C'est qu'elle ne soupçonne pas ce que peut être la sexualité de Claire. Voilà un sujet qu'elles n'abordent jamais. Nicole est une adepte de la théorie selon laquelle comme on fait son lit on se couche. Et, apparemment, Claire est une personne qui fait son lit au carré.

— Claire et toi, vous êtes vraiment très amies.

— Oui, pas mal.

— Je me demande comment c'est possible.

— Pourquoi?

— Elle est tellement méthodique.

— Et moi tellement bordélique, c'est ce que tu veux dire?

— Oui.

— On est bien copines toi et moi.

— C'est pas pareil, on est allées à la communale ensemble, et puis on est cousines...

— Tu sais, le sexe a ses raisons, que la raison... etc.

— Qu'est-ce que le sexe vient faire dans tes rapports avec Claire?

– Tout. Dans mes rapports avec Claire il fait tout.

– Comment ça?

– Eh ben, on s'entend bien toutes les deux.

– Ensemble?

– Ensemble. Avec des copains et des copines. Des copains surtout.

– Mais c'est son mariage aujourd'hui, et elle t'invite. Et, je suppose, la surveillante générale aussi c'est une « copine », comme tu dis. Et le futur mari, c'est un « copain »?

– Non, lui je ne l'ai jamais vu de près, c'est son patron, il pourrait être son père. C'est un bon plan de carrière. Elle l'adore, elle en est folle.

– Et ça ne te dérange pas?

– Qu'elle l'adore?

– Qu'elle l'adore et d'assister à son mariage.

– Ça ne dérange rien. Ça n'a rien à voir.

– Tu veux que je te dise, ça me révolte.

– Ne dépense pas ton énergie pour rien, Nicole.

Ce soir Jeanne a décidé de rester chez elle. Elle aidera son fils Michel à faire ses devoirs.

Problème : « Chaque matin la benne de la municipalité qui passe dans ton quartier ramasse 5 tonnes d'ordures ménagères. Étant donné qu'il passe chaque jour 426 bennes semblables dans la ville de Paris, calcule premièrement quelle est la collecte quotidienne d'ordures ménagères, deuxièmement quelle est la récolte annuelle. »

Michel n'est pas content :

– Il nous a eus. Ça fait deux problèmes. Il dit :

« Je ne vous donne qu'un seul problème cette fois », mais ça en fait deux. C'est un enculé ce mec-là.

– Michel, ne parle pas comme ça. Et puis, tu exagères. Il est très simple ce problème. Je suis même étonnée... en sixième...

– N'empêche, c'est pas juste.

– Moi, de mon temps, on avait des problèmes de robinets qui coulaient, de baignoires qui se vidaient, tout ça à des vitesses différentes...

– Mais maman, d'où tu sors ! Ça, c'est pas un problème de math, ça. C'est le prof d'instruction civique qui nous l'a donné. C'est pour la pollution, c'est pour qu'on ait des chiffres exacts dans la tête. Pour que ça nous « marque », comme il dit. C'est un chieur. Mais d'où tu sors, toi, avec tes robinets ? Tu te rends compte ! Je ne suis plus à la maternelle, réveille-toi, j'ai onze ans, Jeanne !

– Bon, bon, je suis fatiguée, aussi, je me disais...

– T'es vachement craignosse ce soir. Tu me fous les boules, tiens. Le prof me fout les boules, pis toi aussi.

Il met ses deux mains sur sa gorge, comme si elles étaient pleines, gonflées de toutes les injustices qu'il a à subir et qui l'étouffent.

Jeanne a honte, elle se sent coupable : elle s'occupe peu des études de ses enfants. Elle ne sait pas quoi dire. Elle ne devrait pas accepter que Michel lui parle comme ça. Finalement :

– C'est un écolo ton prof ?

– Ma chère Mimi, j'aimerais bien savoir ce que vous pensez des événements en Lituanie.

– Je les trouve catastrophiques.

– Pourquoi ? Vous croyez à un conflit ?

– Non. Mais c'est l'échec, le retour aux vieux problèmes, l'enlisement de l'espoir.

– Je ne vous reconnais pas. Vous n'aimez plus Gorbatchev ? Il est pourtant conforme à sa fonction, à son jeu. Il est en train de régler, par Lituanie interposée, le problème des républiques musulmanes, de l'Arménie, de la Géorgie, de l'Azerbaïdjan, etc. Il préfère utiliser la Lituanie – qui n'a pas l'air trop, disons... sauvage – pour mettre au point le processus qui lui servira à maintenir dans l'orbite russe les républiques de la fédération soviétique qui risquent de se rebeller. Ce qui l'intéresse c'est l'Union soviétique. Est-ce que vous imaginiez qu'il avait lancé la perestroïka pour le bien de l'humanité ?

– En tout cas, Lech Walesa a déclaré publiquement qu'il ne le soutiendrait pas dans le litige lituanien.

– Vous ne répondez pas à ma question. Vous y tenez à vos saints, hein ? Vous êtes toujours en quête de canonisation.

– Qu'est-ce que vous allez chercher ! Vous savez pourtant jusqu'à quel point j'ai horreur des dieux.

– Mais quel goût pour les saints ! Vous les adorez.

– Ne dites pas de bêtises.

– Il y a beaucoup de gens comme vous qui se donnent pour tolérants, subversifs, voire anarchiques et qui pourtant, par inconséquence intime, sont les piliers les plus solides du pouvoir. J'ai été votre étudiant, ne l'oubliez pas. Vous nous avez initiés aux vertus et aux charmes de la dérive, de la marge, du dérapage, oui, mais du dérapage contrôlé. Vous n'aimiez guère ceux d'entre nous qui méprisaient les examens. J'en ai assez passé, des examens, pour vous plaire! Voilà pourquoi vous admirez tant Foucault, cet académicien de la goguette! Vous êtes une marginale de l'Université mais ça ne vous empêche pas de toucher votre retraite de l'Éducation nationale.

— Vous êtes bas, Marc.

— Je suis lucide.

— Votre cynisme me dégoûte.

— C'est vous qui m'en avez donné le goût.

— Le cynisme des impuissants.

— Pourquoi dites-vous ça?

— ...

— Vous ne m'avez jamais aimé.

— ...

— Excusez-moi.

— C'est moi la coupable. Je n'ai qu'à refuser vos visites.

— Pourquoi les acceptez-vous?

— J'ai raté tant de choses. À commencer par ma famille : mariée à seize ans, divorcée à dix-huit, je n'ai pas su garder mon fils, il est parti avec son père aux États-Unis. Je n'ai plus de racines géographiques... Enfin, vous savez tout ça. Je me suis enfouie avec passion dans les études, mon travail. Maintenant la retraite... Je n'ai plus que ma cousine Simone, qui a un mari, des enfants, qui a d'autres chats à fouetter. Ma cousine et vos visites.

— Vous vous cachez quelque chose.

— Je n'en suis pas consciente.

— Dans le fond, vous avez peur.

— Oui, j'ai peur. J'ai peur de la mort, alors qu'il n'y aurait qu'elle pour régler mes affaires.

— Vous avez peur du bonheur.

Solange Dumont a mis au point une grille.

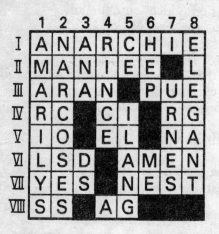

Elle est désappointée. Elle a fait une erreur qui annule purement et simplement sa grille. Elle a découvert par hasard que « amarilys » s'écrivait « amaryllis ». C'est la faute de Grémille qui orthographie mal le nom de cette fleur sur ses étiquettes. De toute manière elle trouve que le 8 horizontal est laid, que cette ligne n'a pas d'allure. Et puis surtout, elle a trouvé les solutions, mais elle n'arrive pas à formuler les définitions; ses propres définitions, pas celles du dictionnaire, évidemment.

Marc est parti brusquement. D'habitude leurs rencontres ne se terminent pas comme ça. Chaque mercredi il vient à Paris pour suivre des cours au Collège de France. Puis, vers cinq heures, il se rend chez Mimi et bavarde avec elle jusqu'à l'heure du dîner. Alors il propose un nouveau restaurant dont on lui a parlé, ou à propos duquel il a lu quelque chose dans un journal. Il est gourmand, il a un léger embonpoint. Elle dit, à chaque fois, en riant : « Pourquoi ne pas nous en tenir au petit bistrot que nous aimons tant tous les deux ? » Après le dîner elle l'accompagne à la gare de l'Est où il prend le train de 23 heures pour Verdun.

Ce soir-là, il n'a pas été question de restaurant. Il s'est levé, il est allé prendre son pardessus dans l'entrée et, tout en l'endossant, de la porte du salon, il a dit : « Je dois vous quitter, j'ai un rendez-vous, je suis en retard », et elle a entendu la porte d'entrée se fermer.

Mimi reste là.

Sur la table basse, devant elle, il y a le petit désordre de l'après-midi : les cendriers pleins des mégots blonds des américaines de Marc et des mégots blancs de ses Gitanes à elle, le bouquet d'anémones qu'elle a acheté ce matin chez Monsieur Grémille, les tasses vides, la théière où il ne reste plus rien du mélange Ceylan-Chine que lui prépare spécialement Monsieur Gornet, des journaux, des bouquins.

En arrivant Marc avait allumé la lampe blanche. Elle se reflète sur la laque noire du piano à queue et crée une ambiance intime et luxueuse.

Le chat était allé faire un tour dans la cuisine et puis il était revenu dormir sur un coin de divan qu'il n'a plus quitté.

Elle porte des mocassins noirs, une jupe de flanelle grise que Véra Lipisky lui a allongée cet hiver, son twin-set de shetland rose, son foulard de soie noir et rose, offert par Marc pour Noël. Elle a eu soixante ans l'année dernière, au mois de mai.

Ses larmes commencent à couler lentement, puis elle sanglote. Il a dit : « Vous avez peur du bonheur. » C'est pour ça qu'elle pleure. Elle refuse cette phrase, elle pense que c'est le contraire, qu'elle a toujours couru derrière le bonheur. Et, en même temps, elle se dit que c'est vrai, que Marc a raison. Elle pleure à cause de cette confusion. Pleurer lui fait du bien, ça la soulage. Elle a rejeté sa tête en arrière, l'a posée sur le dossier du divan, ses larmes coulent jusqu'à sa nuque, en la caressant.

Elle a pleuré longtemps. Maintenant, le cri qui est en elle, cette musique, cette note si haute, si aiguë, si pure qui est en elle qui la charme et qu'elle n'a jamais su exprimer, la blesse moins. Peu à peu elle existe de nouveau avec ce trésor dans son corps, cet ostensoir écartelé qui est là depuis toujours et qui, par moments, la travaille comme une roue de torture.

Elle repense à vivre, à fermer les volets, à ouvrir

la radio pour les nouvelles du soir, à faire chauffer une boîte de soupe aux champignons. Elle hésite devant le placard ouvert : potage aux champignons, velouté d'asperges? Non, les asperges, avec ses reins... Depuis tout à l'heure elle a comme un écho de douleur par là, à la taille, dans le dos... Son corps : un lieu de passage, un tunnel parcouru de trains, avec des déraillements, des accidents, mais internes, invisibles. Apparemment elle a un corps lisse, qui ne vieillit pas, des muscles longs, de petits seins. Elle est grande et mince. Elle pense qu'elle se décharne en prenant de l'âge, qu'elle va ressembler à son père... Elle en reste aux champignons. Le chat se frotte à ses chevilles, en ronronnant, il faut le nourrir. Elle fait tout ça et, sans arrêt, elle se rappelle ce qu'elle a dit à Marc : « J'ai raté tant de choses. »

Ces choses qu'elle a ratées, ce sont des choses de l'affection, du sentiment. Elle avait son travail, ses étudiants, le plaisir de l'éloquence, la communication par les mots, les regards attentifs, amoureux, tendres, fidèles, confiants, éblouis parfois. Une profusion de contacts, de rencontres, de rendez-vous. Elle avait allumé des feux, ouvert des portes, déchaîné des tempêtes. Avec des mots, seulement avec des mots... Et maintenant la retraite... le désert. Et lui, Marc, sa cruauté : « Vous avez peur du bonheur. » Elle avait presque crié :

« Comment pouvez-vous dire ça! »

Il était déchaîné :

« Des économies, voilà ce que vous avez fait. Maintenant vous êtes riche de ce que vous n'avez pas donné, ça vous fait une belle jambe.

— Comment pouvez-vous dire ça, vous! S'il y en

a un qui sait ce que j'ai fait pour mes étudiants, c'est bien vous. Je leur ai tout donné, tout mon temps, tout.

– Je me fous de vos étudiants, je parle de vous. Vos étudiants sont un refuge, le travail aussi. Vous ne vous êtes jamais exposée. Combien de fois avez-vous été nue devant quelqu'un ? Combien de fois ?

– Nue ? Comment nue ?

– Nue, sans vêtements, à poil. »

Elle n'a pas répondu. C'était trop privé, et puis surtout une réponse était venue immédiatement dans son esprit : « Rarement », et elle en a eu honte.

« Vous ne répondez pas ? Je vais répondre à votre place. Rarement. Vous vous êtes rarement mise nue. Parce que vous avez peur. J'ai cent fois, mille fois voulu parler de ça avec vous, je n'y suis pas arrivé. À chaque fois vous avez poussé l'âge en avant : j'étais trop jeune. Mais je vous connais bien, je sais comment vous vivez : il n'y a que moi, il n'y a personne d'autre que moi dans votre vie. Vous vivez dans cette misère.

– Vous ne savez rien de moi.

– Je sais tout, j'imagine tout. Je sais que si vous parliez vous me raconteriez l'histoire d'un amour d'enfant, d'un amour innocent, d'un amour déçu, le corps profané d'une adolescente, une blessure. Le bébé, l'abandon, la souffrance, la peur de la souffrance. C'est ça ?

– Oui, c'est ça.

– Je ne dis pas que ce n'est pas grave. C'est grave. Mais pourquoi vous être refermée là-dessus ? C'est que vous êtes pingre et froussarde, voilà pourquoi. Vous mourrez vierge, ou presque, et martyre, grand bien vous fasse. Mais moi, rester ici à parler avec vous de la démocratie et du bonheur des peuples, ça me suffit, j'en ai marre! »

Elle pense qu'elle aurait dû faire l'amour avec Marc au début, au moins une fois. Si elle ne l'a pas fait c'est que, à cinq ans près, il a l'âge de son fils. Ça la gênait. Il avait dix-neuf ans, elle, presque quarante. Elle le repoussait en riant : « Je pourrais être votre mère. » Et lui : « J'ai une mère, je n'en cherche pas. »

Il la troublait. Elle tremblait. Elle voulait le chasser mais cela aurait été comme si elle avait chassé son fils; alors elle ne le chassait pas. Et maintenant cela fait plus de vingt ans qu'ils vivent cette ambiguïté. Ils la cultivent.

Ce soir, Mimi prend conscience de ça, qu'ils cultivent cette ambiguïté. Elle autant que lui. Autant que lui. Oui, elle, autant que lui. Elle avait toujours voulu penser que c'était lui qui entretenait des rapports ambigus avec elle. Uniquement lui. Elle avait tort.

Elle a mal au cœur. Elle est trop vieille maintenant. Trop vieille pour quoi faire? Elle a mal aux reins.

Elle ne se sent pas capable de lire, ni d'écouter la radio, ni de regarder la télévision.

Elle pense à la fille de son frère aîné, sa nièce Jeanne. Il y a quelques années elle l'avait présentée à Marc. Elle soupçonne qu'il s'est passé quelque chose entre eux, elle n'a jamais essayé de savoir quoi exactement. Elle sait qu'ils se voient de temps en temps. Il a dit qu'il avait un rendez-vous. Est-ce qu'il est avec Jeanne ?

Elle appelle Jeanne qui est en larmes à cause de ses enfants. Jeanne dit qu'elle s'en occupe mal, qu'elle se sent coupable. Elle parle d'une histoire d'ordures ménagères qui a dressé son fils Michel contre elle. Mimi ne sait pas quoi lui dire. Elle n'a elle-même jamais su s'y prendre avec les jeunes enfants. Elle préfère parler des ordures, de la pollution, mais elle sent que ça n'intéresse pas Jeanne qui est trop occupée par sa vie privée pour s'occuper d'autre chose, qui en revient à ses enfants, qui dit :

– Tu sais ce que c'est, tu es divorcée toi aussi, tu étais seule avec ton fils. Moi, j'en ai trois – remarque, c'est plus simple : ils s'amusent entre eux. Qu'est-ce qu'il faut faire ?

– Je n'en sais rien. Ton cousin est allé rejoindre son père dès qu'il a eu son bachot en poche. Je n'ai pas su le garder. Je n'ai pas su m'en occuper.

– Tu te sens coupable ?

– Depuis ma retraite je pense plus souvent à lui. Il devait venir en janvier, il n'est pas venu, j'en ai été contrariée. Avant, ça ne m'aurait rien fait. J'ai l'habitude de vivre sans lui. Il a dans mon univers une place qui n'appartient qu'à lui : il est mon fils, ça a un sens. Mais l'affection que je lui porte est théorique, je suis ce que l'on appelle une mère dénaturée, une sorte de Médée : quand Jason l'a quittée elle a tué ses enfants...

– Dans le fond, ton vrai fils c'est Marc.

– Marc ?

– Quand il parle de toi il en a plein la bouche. Il

répète tout ce que tu dis. Il t'adore, il t'aime. Il est amoureux fou de toi.

— Allons donc, Jeanne, tu es comme Simone. Pour vous les rapports entre les gens sont toujours amoureux. Toute relation se situe obligatoirement dans l'ordre de la séduction, tout tourne autour de l'attraction et de la répulsion.

— Mais c'est comme ça.

— Non, on peut très bien se tenir entre les deux.

— C'est impossible.

— J'y suis arrivée.

— Moi, je ne peux pas : quand j'essaie de me tenir, comme tu dis, j'ai l'impression de perdre, de me perdre. Je perds mon temps, je perds ma santé. Je perds mon sang, j'ai des hémorragies...

— Ne joue pas avec les mots.

— Non, je t'assure, je ne joue pas, au contraire, je suis en perdition. Je ne sais pas comment tu fais. Marc, alors, comment tu le définis, qu'est-ce qu'il est dans ta vie?

— Pourquoi en revenir à Marc? Marc est un de mes étudiants qui est resté fidèle à mon enseignement.

— Dis donc, particulièrement fidèle alors.

— Si tu veux.

Elle en a assez. Marc prend trop de place tout à coup. Elle s'en veut d'avoir téléphoné à Jeanne. Pourquoi? Qu'est-ce qui lui a pris? De la jalousie? De l'envie? Ah! non! Elle ne veut pas souffrir.

Elle ne se sent pas bien. Elle appellerait volontiers Nicole pour une piqûre. En voilà une qui sait se tenir, celle-là, elle ne ressemble ni à sa mère ni à sa cousine. Mais Nicole est de garde à l'hôpital toutes les nuits de cette semaine.

Elle sait qu'elle ne doit pas se laisser aller aux tracas de son corps, sinon ils feront comme Marc : ils prendront trop de place. Elle s'installe à son bureau : elle va écrire.

Au centre de sa table de travail, face à son fauteuil, il y a un petit tas de feuillets : quarante-trois pages exactement. Elle essaie d'écrire la vie de Flora Kennedy, la seconde épouse de son mari, la belle-mère de son fils. Flora s'est suicidée voilà cinq ans. Mimi ne l'a jamais rencontrée, elle ne l'a vue qu'en photo : une grande femme avec un visage noble. Elle ne sait d'elle que ce que son fils en a dit, peu de chose : une Canadienne née d'un père ontarien et d'une mère québécoise, catholique, confite en dévotion, bilingue, bonne mère, bonne épouse.

Sur la photo on la voyait debout, tenant son mari par le bras; devant eux, agenouillés, le fils de Mimi, Christian, et Ginette, sa demi-sœur. Une photo de famille.

Depuis le jour où Mimi a vu cette image – à l'époque Christian avait vingt ans, il y a donc vingt ans passés –, elle imagine Flora comme une descendante d'une de ces familles d'aristocrates qui ont fait les colonies. Au fond, une fille dans son genre, une sœur aînée.

Dans son texte elle l'a appelée Madame de la Porte. Sa cousine, à laquelle elle a récemment envoyé ses pages, a critiqué ce choix :

– Pourquoi lui donner un nom français, pourquoi la faire vivre à Paris, alors que le côté nord-américain de cette femme est si intéressant ?

– Pourquoi pas? Les Américains d'origine européenne sont des conquérants, des colonisateurs, au même titre que les Français d'Algérie ou d'Indochine, ou d'ailleurs. Et puis elle était francophone par sa mère.

– Enfin, tout ça c'est tiré par les cheveux, ma Mimi. Tu ne t'en rends pas compte? Ça m'étonne de toi. Elle était surtout américaine. Tu te rappelles quand Christian nous racontait ses brunchs, ses fêtes de Saint-Nicolas, ses citrouilles d'Halloween, on trouvait ça tellement exotique... Et puis n'oublie pas que je l'ai connue, moi, je l'ai rencontrée chaque fois que je suis allée voir Bernadette à Montréal. Je ne t'apprends pas que Bernadette vit avec Ginette depuis des années... Vraiment, le monde est petit. Enfin, bon, il n'y avait rien de plus américain qu'elle. Tu sais, le foulard de soie sur les bigoudis pour aller faire ses courses au supermarché, le short long jusqu'aux genoux, rose vif, qui laissait voir ses mollets un peu variqueux. Son corps astiqué et bien nourri de maman, elle a eu toute une portée d'enfants...

– D'accord, mais ce qui m'intéresse, c'est la fille de colon, c'est l'héritage de ces gens qui prenaient la terre des autres en poussant devant eux la Bible et le Commerce en même temps que les canons. Les femmes qui ont ce sang-là dans leurs veines sont, en général, les gardiennes de la loi, des traditions, elles sont fortes, solides, zélées; je les connais bien, j'en sors. Ce qui m'intéresse c'est que Flora se soit suicidée, c'est incompréhensible. J'essaie d'imaginer sa route vers le suicide.

Mimi ne se sentait pas convaincante, elle savait que Simone, avec sa gentillesse, sa tendresse, la laissait parler mais qu'elle n'en pensait pas moins, c'est-à-dire qu'elle trouvait suspectes les raisons pour lesquelles elle prétendait écrire l'histoire de Flora Kennedy. Comme d'habitude, sa cousine avait tout compris. Tout ? Quoi ?

À la vérité elle ne sait pas pourquoi elle a commencé à rédiger ces pages. Elle les prend, les feuillette, elle s'attarde sur un passage :

> Est-ce qu'il pleut ? Elle n'en est pas certaine. Elle a l'impression d'être sur une île : de l'eau partout tout autour. La pluie fait du bruit, elle cogne aux toits, aux murs, aux vitres, à l'asphalte de la rue, aux dalles du trottoir, et quand elle ne s'acharne plus elle dégoutte, goutte à goutte. Le temps se compte. Même l'amour s'effiloche, sa trame est lâche, les liens se dénouent, les espaces d'indifférence se font de plus en plus grands.
>
> Il lui semble qu'elle peut mesurer son temps comme une vendeuse de tissu : à coups de brassées mesurant un mètre chacune, quelques années chacune. Elle ne sait le temps que parce qu'elle sait son temps. Sans elle il n'y a plus de temps. À quoi bon ce savoir ? Elle sait des choses inutiles. Elle sait les secondes, les minutes, les heures, les jours, les années. Elle ne sait rien de l'éternité. Elle a beau comprendre qu'en ajoutant les millénaires aux millénaires elle ne finira jamais par avoir l'éternité à la fin du compte... elle a beau comprendre ça, elle ne comprend pourtant pas l'éternité. Elle ne comprend que ce qui a un commencement et une fin.

Elle ne sait que la vie et la mort. Elle vit dans cette parenthèse.

Et, quelques pages plus loin :

Est-ce qu'il neige ? Madame de la Porte n'en est pas certaine. Ce qui est certain, c'est l'état de surdité de l'appartement. Elle a l'impression qu'il n'y a que l'intérieur ; l'extérieur est gommé, éloigné, séparé d'ici par des milliards et des milliards de particules qui gesticulent en tombant doucement. C'est ça la neige : le calme et l'agitation en même temps, une frénésie dans le silence.
Par moments l'envie la prend de se jeter par la fenêtre.
Ce n'est pas le vide qui l'attire, ce sont les fenêtres.
Elle n'aime pas ça, elle ne veut pas faire ça.
Elle descend ses quatre étages, elle va s'asseoir sur un banc du boulevard Raspail. Elle n'est qu'une dame assise sur un banc.

Le téléphone sonne, interrompant sa lecture. C'est sa cousine, justement. Elle est indignée parce que ses nouveaux voisins viennent de planter une haie de peupliers.

– Dans cinq ans nous aurons un immeuble de cinq étages sous le nez.

– Ils n'en ont pas le droit.

– Droit ou pas droit, ils l'ont fait et sans me prévenir. C'est un manque de respect, de courtoisie..., ils me mettent devant le fait accompli. C'est la Roumanie ici.

– J'espère que tu dis ça en riant.

– Pas du tout, je ne ris pas du tout. Désormais j'appellerai ces voisins Helena et Nicolas, le conducator des Préalpes et la grande cultivatrice-ingénieur-savante.

– Alors, qu'est-ce que tu dirais si tu habitais le bord de la mer d'Aral et que tu voies ton bateau de pêche, ton gagne-pain, la quille en l'air, à cinquante kilomètres de l'eau?

– Ah! ça, cette histoire de la mer d'Aral, quelle aberration! Bien sûr que mes peupliers, à côté... N'empêche que ça commence avec des peupliers et ça finit avec la mer d'Aral... Tu te rappelles : l'Amou-Daria, le Syr-Daria, on apprenait ces noms à l'école et ils sont restés dans nos têtes comme le Popocatépetl, le lac Titicaca, le mont Ararat, l'Aconcagua, le Krakatoa... C'est fou tout ce qui remonte à la surface à la fin de ce siècle. Il n'y a pas de jour où, dans le journal, je ne retrouve un nom appris autrefois.

– S'il n'y avait que la géographie!

– Oui, tous les peuples aussi, les nationalismes, et le racisme, l'antisémitisme, des trucs qui sonnaient déjà vieux dans notre jeunesse, des trucs de la Deuxième Guerre et de la guerre de 14, et même plus anciens, des trucs de Gengis khan, des chevaliers teutoniques. On croyait tout ça enterré à tout jamais dans l'histoire et la mythologie de l'Occident, et voilà qu'ils renaissent frais comme des gardons. Ils ont des voix rauques, des noms barbares, des visages des steppes et des banquises, de la toundra, des déserts, ils nous forcent à penser le présent et l'avenir avec leur passé. Pour eux, leur futur, c'est leur passé.

« Les morts sont vivants Mimi, c'est la fin du deuxième millénaire. Déjà, à la fin du premier millénaire...

Sa cousine est partie dans ses images, Mimi ne l'écoute plus. Pourtant elle aime les rêveries de sa cousine. D'habitude elle se laisse porter par elles et puis elle les rectifie, car Simone divague souvent. Cette fois-ci elle s'abstient, peut-être parce qu'elle a pensé, au commencement, que « image » et « idée » ont plus que le i de leur départ en commun. Elle sait qu'à l'origine du mot « idée » il y a le mot « voir » (weid) et que, parfois, sa cousine a un véritable don de voyance. Pas ce soir, Mimi ne se sent pas bien, elle est trop impressionnable. Elle va arrêter Simone. Elle voudrait parler de Marc.

— Justement, avec Marc, mon « petit professeur » comme tu l'appelles, nous avons eu une discussion.

— Discuter, c'est votre manière de faire l'amour.

— Cette fois-ci, en fait d'amour, je t'assure que c'était plutôt violent.

— Tant mieux, tu as besoin de sortir de ton calme.

— Mais je ne suis pas sortie de mon calme. D'ailleurs, j'ai mal aux reins.

— Tu as téléphoné à Nicole?

— Elle est de garde toutes les nuits de cette semaine.

— Demain.

— Quoi demain?

— Tu lui téléphoneras demain.

— Ça sera passé. Alors, tes peupliers?

– Je n'y pensais plus. Ça s'arrangera, ce n'est pas grave, c'est relatif.

– Tu dis ce mot comme s'il ne signifiait rien.

– Je sais très bien ce que relatif veut dire, Mimi. Mais, effectivement, si je pense que ces peupliers n'ont d'importance que pour moi, que leur importance n'est relative qu'à moi, alors, ils ne sont rien. Et comme je sais aussi que rien vient de *rem* qui est l'accusatif de *res* qui, en latin, signifie chose, je sais donc que rien veut dire quelque chose...

– Tu es vexée.

– Relativement, ce n'est rien.

– Tu vas m'en vouloir.

– Non. Mais j'en ai un peu assez de me voir traiter par ceux qui m'entourent comme une imbécile heureuse. Ce n'est pas parce que je pense à partir du concret, de la matière, de la substance, que je suis moins intelligente que vous qui vous accrochez d'abord aux idées.

– Qui nous ?

– Toi, Georges, ma belle-sœur Sylvie, mes enfants, tout le monde à part Linda et Jeanne.

« Tu sais, la matière, la banalité quotidienne, ce n'est pas si banal que ça. D'abord, qui te dit que les apparences ne sont pas des idées que nous nous faisons des apparences, hein ? Dis-moi, qu'est-ce que c'est que le rouge, par exemple ? Hein ?

– Tu veux que je te dise ce que c'est que le rouge ? C'est une couleur.

– Et qu'est-ce que c'est une couleur ? C'est un mélange de photons, d'ondes, etc. Moi, quand je vois du rouge, je pense à ça aussi. Je pense tout et toujours comme ça...

– Tu sais, dans *La Tempête*, Shakespeare a cette

belle phrase sur la matière du rêve. Je ne me la rappelle plus exactement : « ... dreams are made of... stuff dreams are made off... »

— Je ne rêve pas Mimi. Simplement je vis dans une réalité qui n'est pas la vôtre et je sais que ces peupliers, qui ne sont pour l'instant que des baguettes mitées, seront, dans peu de temps, de hauts arbres. Je sais qu'alors la lumière ne sera plus la même dans la maison, que je ne verrai plus les montagnes, que les plantes de la cour vont crever faute de soleil, etc.

— Je t'aime, ma Simone.

— Je préférerais que tu me comprennes.

— Tu ne veux pas que je t'aime ?

— Ce n'est pas ce que je veux dire. Finissons-en avec cette conversation. D'ailleurs, tout ça c'est de ma faute, je t'ai dérangée. Qu'est-ce que tu faisais ? Mon Dieu, c'est mercredi aujourd'hui, ton p'tit prof est là ?

— Non, il est parti, je t'ai dit que nous nous étions disputés, rien de grave.

— Comme mes peupliers, quoi.

— Si tu veux, ne recommençons pas. Non, tu ne m'as pas dérangée, au contraire, j'avais besoin de parler. J'étais en train de relire le texte que je t'ai envoyé, tu sais, les pages sur Flora Kennedy. Tu ne m'as pas dit ce que tu en pensais vraiment.

— Je pense que tu as besoin de te raconter. Je pense que Madame de la Porte c'est toi.

— Tu n'y vas pas de main morte. Tu me vois comme ça ?

— Tu n'apparais pas comme ça, mais je pense que Madame de la Porte est peut-être toi, celle que tu es sous ton apparence. Je pense que la couleur qui t'est propre est peut-être faite des ondes et des photons que tu prêtes au caractère de cette femme. Peut-être que c'est ton « substrat » que tu écris. Je fais exprès d'employer ce mot, pour que tu me comprennes. Normalement j'aurais dit « ton essence » ou « ton âme » ou « ta réalité profonde », ça t'aurait permis de me corriger en me soufflant le mot « substrat », qui veut dire la même chose mais qui est plus précieux.

– Aucun mot n'est inutile. Si celui-ci existe c'est qu'il a une spécificité...

– Oui, je sais, je sais. Mais enfin, nous sommes entre cousines, au téléphone, à bavarder, nous ne faisons pas un cours. Aucun mot n'est inutile, d'accord, mais aucun mot ne devrait être une guillotine, aucun mot, parce qu'on ne le connaît pas, ne devrait empêcher quelqu'un de parler. Les mots peuvent être des masques aussi; souvent il me semble que tu te sers d'eux pour te cacher. De quoi as-tu peur, Mimi?

Elle pense à Marc qui lui a dit : « Vous avez peur du bonheur. » Elle se sent mal.

– Je suis troublée.

– Ça ne te plaît pas d'être troublée? D'habitude tu aimes ça, ça te permet d'analyser ton trouble puis de le maîtriser en l'expliquant.

– Pas aujourd'hui, pas aujourd'hui, pas ce soir. Avec quelle hargne tu me parles, je croyais que tu m'aimais.

– Je t'aime. Mais ce soir, pour des bêtises, pour des riens, enfin, je ne sais pas pourquoi, je ne suis pas capable de... Je te rappellerai demain. Bonne nuit ma chérie.

...

Elle remonte son drap encore plus haut, jusqu'à ce qu'il couvre ses lèvres. Elle s'y agrippe mieux. Elle pense qu'elle est au volant d'un bolide qui la conduira ailleurs. Peut-on avoir des idées pareilles à son âge? Comment se fait-il que lui viennent encore de telles idées? Elle se les reproche et, en même temps, une boule se forme dans sa gorge. Ses enfants diraient qu'elle a les boules. Elle ne comprend pas ce pluriel. Elle, elle ne sent qu'une seule boule, mais énorme, qui obstrue son larynx et augmente de volume au point de lui faire mal. Ses yeux piquent.

...

Le mur est long, long, long (quatre cents mètres, peut-être plus), et très haut. Il longe la RN 574 et rejoint un autre mur (qui, lui-même, longe un aqueduc), formant une flèche dont la pointe est coupée par une haute grille ouvragée. La grille est toujours fermée. Fait de belles pierres, le mur est fier et majestueux, et depuis toujours il a donné à Georges l'envie d'aller voir ce qui se cache derrière.

Il y a une quarantaine d'années, un vendredi, Simone l'emmena au marché. C'était l'été, ils allaient se marier, elle lui faisait connaître son coin de Provence, la ville, la campagne, sa maison de vacances, le berceau de sa famille. En passant devant le mur pour la première fois, Georges dit : « Il doit y avoir une fameuse propriété là derrière. » Simone : « C'est le cimetière des juifs.

Quand j'étais petite, pendant les vacances, j'aimais y aller seule. » Et elle ajouta : « En ville il y a la plus vieille synagogue de France, elle date du XIIIe ou du XIVe siècle, je t'y mènerai, tu verras, elle est très belle. » Elle ne lui offrit pas la visite du cimetière.

Depuis ce jour Georges est passé par là des milliers de fois sans jamais entrer. Depuis quarante ans, pour lui, derrière le mur il y a un mystère, un enclos où sont bien gardés son enfance et son amour. À chaque fois qu'il vient à la ville, qu'il longe le mur, à cause de la grandeur du mur, il pense à la belle au bois dormant et à Simone. Il sait qu'il y a la mort derrière. La mort : le lieu de la certitude, de la vérité; c'est dans son enfance et dans son amour pour sa femme qu'il se sent le plus vrai, le plus en sécurité. Derrière le mur il y a le meilleur de lui-même. Il appelle cet endroit Shéol.

Hier soir, en apprenant la nouvelle, quelque chose s'est passé en lui, une révolte, une colère, un refus. Pour la première fois, dans son corps d'homme, il éprouvait le viol. On était entré là où il n'avait jamais voulu entrer. Il n'avait même jamais voulu s'approcher de la grille et regarder de l'autre côté. Il n'avait jamais fait ça.

Derrière le mur il y a Simone, habillée comme le petit chaperon rouge. Elle a laissé son vélo contre la grille, elle a douze ans. Elle a son regard attentif de petite fille sage qui lui vient encore aujourd'hui quand elle l'écoute. Que fait Simone ? Que va-t-elle chercher dans Shéol ? Il est jaloux des désirs qui poussaient là cette enfant inconnue. Derrière le mur il y a un château, un palais de marbre et de cristal, la source où les fées viennent puiser l'inspiration des contes, un mélange d'horreurs et de merveilles, l'endroit où les ogres se reposent à côté des princesses, où les chats, les sirènes, les chevaux ailés et les crapauds s'endorment en attendant d'être convoqués par les rêveurs. Pour Georges, Shéol est l'enclos du bonheur pur. N'étant pas raciste, et étant athée, il se fiche absolument qu'il y ait des juifs là, ou des chrétiens, ou autre chose; d'ailleurs il a oublié depuis longtemps la réalité de Shéol.

Les barbares sont entrés dans Shéol, ils ont saccagé les maisons des rêves et de la paix. Que Shéol puisse un jour tomber entre les mains des nazis ne lui était jamais venu à l'esprit.

Simone, qui entendait la nouvelle en même temps que lui, dit : « Depuis le temps qu'ils sont là ! C'est de la folie ! Ils sont plus chez eux que nous. Quelle honte. À deux pas d'ici. Quelle honte pour nous tous. »

Il trouve cette réflexion imbécile mais, comme il se sent coupable de n'avoir jamais pensé aux juifs en passant devant Shéol, il dit : « J'irai au cimetière demain matin. » Et Simone : « Tu iras seul. Moi j'irai de mon côté. J'avertirai Louise et les Ponsot – que tu ne supportes pas – s'ils veulent profiter de ma voiture… – Pourquoi ne viens-tu pas avec moi ? – Parce que tu n'aimes pas les Ponsot. » Cette réponse l'exaspère, il se lève et déclare avec grandiloquence : « Je vais foutre Céline au placard. »

Une fois dans son bureau, il rafle tous les bouquins d'une étagère, tout Céline, et, effectivement, les flanque dans un placard : « Jamais plus je ne parlerai de Céline à mes étudiants. » Il s'allonge sur le divan et rectifie : « Jamais plus je ne parlerai de Céline à mes étudiants sans souligner d'abord, souligner trois fois, la bassesse et la débilité de son antisémitisme. » Georges a le cœur en morceaux. « C'est difficile d'aimer. » Et il s'endort comme ça.

Le lendemain, c'est à toute vitesse qu'il parcourt les dix-huit kilomètres qui le séparent du cimetière. Il conduit mal, il est ému et gêné comme s'il courait à un rendez-vous d'amoureux, comme s'il craignait d'être éconduit. Son désir n'est pas clair. Pourquoi cette ruée vers Shéol dès l'aurore ?

Il y a déjà du monde. De la police même. Il ne s'y attendait pas, pas si tôt ; lui, il imaginait que les gens se réuniraient à la synagogue. Il laisse passer devant lui un groupe d'hommes recueillis et coiffés de kippas. Tout à coup il a honte. Il reste planté sur le chemin qui mène à la grille, il regarde les cailloux poussiéreux, il sent le soleil sur sa nuque et dans son dos. Il fait déjà chaud. C'est là, dans cette situation, qu'il prend conscience de ce qui s'est passé dans la réalité : on a détruit des tombes de juifs, on a déterré le cadavre d'un vieux juif. On a profané Shéol. Shéol c'est le cimetière des juifs, c'est pas le château de la belle au bois dormant. Tu n'es pas le Prince Charmant, Georges, tu es un con et un hypocrite.

Maintenant qu'il est là il ne peut plus reculer, ce serait trop lâche. Il avance, toujours les yeux baissés à regarder ses chaussures, comme s'il était dans l'affliction. Il passe la grille. Il en est conscient : c'est la première fois qu'il franchit la grille.

138

Son cœur bat. Il avance encore. Il entre dans de l'ombre. Il lève la tête...

C'est Shéol, exactement comme dans son imagination. C'est beau, c'est grand, c'est heureux, c'est étrange, c'est calme. Et s'il y a des princes et des ogres ici, ils sont couchés sagement sous de grandes dalles simples, parmi l'herbe et les jeunes chênes, sous le baldaquin que forment les branchages des pins maritimes là-haut, très haut, à quinze ou vingt mètres du sol. Ici le rêve s'est matérialisé, Shéol c'est le rêve.

Georges est bouleversé. Tout est tellement parfait qu'il se croit projeté dans un film, ou un roman, ou un décor de théâtre, dans quelque chose de pas vrai, de fait pour. Il n'y a aucune fioriture, pas de breloques, de colifichets, de camelote pour cimetière, aucun clocheton néogothique, aucun angelot fessu, aucune sainte ne contemple le ciel avec commisération, aucun Christ n'a élégamment succombé à son supplice, genoux serrés et ployés, sur aucune croix. Ce qui s'élève au-dessus du sol, c'est de la végétation provençale, du romarin, du thym, de la menthe sauvage, des chênes verts, des lauriers, et ces pins immenses. Ça sent bon. Ça doit être plein de lézards gris, d'oiseaux, et tout à l'heure, quand il fera bien chaud, les cigales vont s'y mettre. Les tombes, qu'il voit à peine, sont des balancelles qui font voile vers la paix.

Le cimetière est très grand. Les gens, de plus en plus nombreux, se dirigent tous vers un même lieu; probablement l'endroit qui a été profané. Georges ne veut pas aller là, il va dans la direction opposée. Au passage il lit des noms : Nathan, Bacry..., une date : 1836... Et puis des textes écrits avec l'alphabet anguleux de l'hébreu, qu'il ne comprend pas... Il lui semble que son regard est une profanation. Il s'enfonce dans la forêt de pins. Il ne veut plus voir, il veut être seul. Il trouve un arbre au tronc si gros qu'il ne pourrait le tenir dans ses bras. Il s'y adosse puis il se laisse glisser jusqu'au sol. Il est assis. Personne ne peut le voir. Face à lui, à travers les broussailles, il aperçoit le mur. Il est de l'autre côté, il est dans Shéol. Il ferme les yeux.

En février, pendant son voyage en Pologne, il est allé à Auschwitz et à Birkenau. À Auschwitz, les buvettes et les marchands de souvenirs l'avaient indigné. Cette indignation avait endigué son émotion. À Birkenau, par contre, il avait eu du mal à la contrôler. À part quelques baraques conservées à l'entrée (le long des grillages électrifiés et des miradors qui déterminaient la frontière de ce pays de l'ignominie), il n'y a qu'une plaine où se dressent des cheminées. Les autres baraques, des centaines, ont été détruites, on n'a gardé que leurs cheminées : une forêt de cheminées de brique s'étendant vers tous les horizons, vers l'est, vers l'ouest, vers le sud, vers le nord. Très loin. Il faut marcher dix minutes, d'un bon pas, pour atteindre les fours crématoires qui font face à l'entrée du camp. Dans ce vide, dans cette métropole décharnée, à cause de ce vide, de ces os rosâtres dressés, errent encore aujourd'hui les fantômes des centaines de milliers de gens qui ont été suppliciés là... Forêt de Birkenau, forêt de Shéol...

N'empêche, malgré son émotion, après sa visite, il avait pensé : on ne devrait pas pouvoir entrer là comme dans un moulin, comme au musée Grévin ou à l'aquarium du Trocadéro. On ne devrait pas banaliser ça.

Georges reste longtemps à se remémorer Auschwitz et Birkenau. Il marmonne, il parle tout seul, parfois à voix haute : « Voilà où on en arrive à tout banaliser, ça donne des idées aux pourris, on en arrive au viol de Shéol... D'ailleurs eux-mêmes, les juifs, ils banalisent tout; le pouvoir qu'ils exercent en Israël n'a rien d'exemplaire... Je le sais, j'y suis allé en Israël... Il faut dire que j'étais avec ma sœur Sylvie, ça n'arrangeait rien... »

Ça lui fait du bien de critiquer les juifs. Le fardeau qu'ils font peser sur lui depuis hier soir était bien trop lourd. Du coup, il sent qu'il pleure et cette peine est la bienvenue. Il se demande d'où sortent ces larmes. Shéol profané, oui, mais quelque chose d'autre a été saccagé en lui. Une chose essentielle, qu'il nomme vaguement « le fait d'être ». Comme si on avait nié le fait qu'il existât, comme si l'existence, la sienne et celle des autres, n'avait aucune importance, comme s'il était livré à une force stupide et omnipotente... Et le pire c'est que simultanément il se sent complice de la barbarie. Heureusement qu'il y a l'onction des larmes, ce baume, cette soie. Et puis Simone est venue. D'ailleurs il l'attendait, il savait qu'elle viendrait. Elle s'est assise à côté de lui, elle a passé un bras sous le sien. Il a vu qu'elle était repue de chagrin, comblée par le chagrin. Ils sont restés longtemps sans parler, main dans la main. Puis Georges :

— Ce qu'il y a, c'est qu'avec les juifs la mémoire est toujours à vif.

— Et c'est ce que certains ne supportent pas, ils sont leur mauvaise conscience.

Ils se taisent. Puis, de nouveau, Georges :

– Qu'est-ce que tu venais faire ici quand tu étais petite ?

– Je venais rêver.

...

Elle entend une voiture qui entre dans la cour, une portière qui claque.

...

Clic.

– Allô !

– Allô !

– C'est vous madame.

– Qui est à l'appareil ? À qui voulez-vous parler ?

– C'est la gardienne de la rue de Grenelle. C'est vous madame ?

– Oui, c'est moi. Bonjour mademoiselle Elsheim. Qu'est-ce qui se passe ?

– C'est Madame Aubry.

– Qu'est-ce qui se passe ?

– Depuis trois jours je la voyais plus passer. Les voisins du dessus se sont plaints. Déjà hier soir j'ai sonné à sa porte, j'ai frappé. Ce matin encore. Y'a pas eu de réponse. Finalement j'ai prévenu la police. Ils l'ont emmenée dans une ambulance. Je sais pas qui prévenir. Comme c'est votre cousine... Je m'excuse, c'est pas que je me mêle de ce qui me regarde pas, mais quand vous êtes à Paris vous êtes toujours ensemble... et comme j'ai votre numéro à la campagne. Vous vous souvenez, vous me l'avez

donné l'année dernière quand y'a eu les inonda-
tions au sixième, dans les chambres de bonne...

– Vous avez bien fait. Qu'est-ce qu'elle a?

– Je sais pas.

– Ils se plaignaient de quoi lès Langelier?

– Ils ont entendu des cris dans la nuit d'avant-
hier. Comme des cris. Trois fois.

– Ça ne venait pas du troisième, de chez les
Lamantin?

– Non, non, ils sont partis en vacances les
Lamantin.

– Dans quel hôpital a-t-elle été emmenée?

– Je sais pas. Ils sont restés longtemps. Ils ont
fermé la porte. Moi, j'avais justement le comptable
de la compagnie qui est passé pour les loyers et
pour les travaux du premier. Fallait que je garde la
loge, c'est moi qui ai les clefs. C'est vendredi, y'a
personne dans l'immeuble. Vous savez comment
c'est, le vendredi soir, tout le monde s'en va. C'est
ma sœur qui a fermé la porte cochère derrière
l'ambulance. Peut-être qu'elle sait, mais elle est
partie au cinéma pour la séance de dix-neuf heures
trente, pendant que j'étais encore occupée au
premier. Quelle journée, je vous assure...

– Vous l'avez vue?

– Qui, ma sœur?

– Non, Madame Aubry.

– Je l'ai pas vue. J'ai vu qu'elle était par terre
dans le couloir.

– Morte?

– Je sais pas. Ils m'ont pas laissée approcher. Ils
étaient cinq avec le serrurier. Fallait que je
retourne à ma loge, comme je vous disais. Ça
tombait mal. Je les ai appelés à deux heures et ils

sont venus qu'en fin d'après-midi. Vous comprenez, moi je sais pas quoi faire. Je sais pas qui prévenir. Son fils on le voit jamais, je sais pas où il habite, je crois qu'il habite même pas en France, quelle histoire...

– Vous avez bien fait de me prévenir. Votre sœur doit savoir sur quel hôpital ils l'ont dirigée. Je vous appellerai demain matin.

– Je suis debout à six heures pour les poubelles. Le numéro de la loge il est dans le Bottin par rues à SAG.

– Oui, oui, je sais. C'est bien, merci de m'avoir appelée.

Clac.

Bouleversée, elle a raccroché son téléphone.

Bouleversée, elle a raccroché son téléphone.
Elle se met au lit...

Puis elle se relève; elle va chercher un mouchoir dans l'armoire à linge. Elle est en larmes. Elle s'allonge de nouveau.

Elle tire le drap et la couverture de coton jusque sous son menton. Elle les tient ferme, comme si elle s'agrippait à un bastingage. Elle est très attentive, elle est captivée par l'instant qu'elle vit...

On dirait que tout bascule, que sa vie bascule. Elle a peur. Il lui faut du matériel pour affronter la mort, pour accompagner la mort dans son voyage au long cours : des images, des mots. Petits paquebots, petites pirogues, petites boîtes, petits cercueils, pour rester dans le courant de la vie.

Qu'est-ce qui se passe en ce moment? Rien. Rien. Elle est rien. Comment est-on rien? Est-ce possible? Elle est une femme, elle a des enfants, un mari, des petits-enfants, une maison, elle respire, elle vit. Elle n'est donc pas rien. Et pourtant, oui, elle est rien.
Ça sert à quoi toute la vie si c'est pour en arriver là?...

Elle prend une pile de journaux et de magazines sur sa table de chevet. Elle les feuillette, regarde les photos. Certains datent de la fin de l'été. Elle n'a pas eu le temps de lire depuis des mois. Qu'est-ce qu'elle a fait tout ce temps? Rien. Pas grand-chose. La maison de Paris, la maison ici. Les repas, le linge : rien. Les fêtes de Noël, nourrir et coucher tout le monde, elle ne peut pas prendre ce plaisir pour quelque chose d'important. Rien. Les travaux de la nouvelle salle de bains. La grippe de Georges. Le voyage au Canada. Les fréquents aller et retour entre ici et Paris. Rien. Elle lit un titre : « Walesa en difficulté ». Le mot « Perestroïka » glisse sous ses yeux; ne reste de lui qu'une troïka qui grelotte dans une forêt de sapins enneigée. Grelotter, grelot... Comment se sont formés ces mots, ils viennent d'où? Je ne sais plus rien.

Ça sert à quoi toute la vie si c'est pour en arriver là?
Cette interrogation est montée à sa conscience subitement, clairement, comme une évidence. Elle en est surprise. N'est-elle pas une femme heureuse, active? N'a-t-elle pas

146

eu une belle vie ? N'a-t-elle pas encore un tas de choses à faire ?

Ce soir, peut-être à cause de l'extrême attention qu'elle porte à ce rien dans lequel elle est, à cause du calme de la maison, de la nuit tranquille, de la fatigante journée qui est terminée, de la garde entêtante que montent les grenouilles dehors, à cause de ce coup de téléphone, peut-être à cause de l'enfant de Linda qu'elle a regardée dormir avant d'aller se coucher... oui, c'est peut-être à cause de sa petite-fille de quatre mois livrée au sommeil, à cause de la confiance et de l'espoir qu'elle a vus là, à plat ventre, juste avec une couche parce qu'il fait chaud... Le téléphone surtout, le téléphone... C'est peut-être à cause de tout ça qu'elle a ce creux, cette impression de vide...

Avec la télécommande elle branche la télé. Elle zappe : paf, elle voit des gens autour d'une table, qui discutent..., pif, elle voit un jeune homme qui vante une marque de couches tout en changeant son bébé. Il y a des couches pour filles et des couches pour garçons maintenant. C'est fou ça. Pour ses enfants elle avait des couches carrées et des couches triangulaires, en coton, qu'il fallait faire bouillir, qu'on ne pouvait pas passer à la javel... Enfin, bon. Pif, paf, pouf... Elle se désintéresse de la télévision, supprime le son, ne garde que l'image. Elle se lève et va chercher des albums de photos dans son secrétaire. Elle se remet au lit avec eux, choisit de vieux clichés, des images de petites filles surtout, une image l'arrête longtemps : deux petites filles qui rient, elles se tiennent par la main, elles sont en costumes de bain. Des dates sont inscrites sur certaines photos : 1936, 1939... Elle lève la tête, voit, sur l'écran de la télé, une foule qui agite des drapeaux troués. La Roumanie! Elle monte le son. Ce sont des documents de la fin décembre. De l'époque où les Roumains donnaient au monde entier l'envie d'être là-bas, avec eux. Ce soir, un journaliste se sert de ces films pour montrer au monde entier qu'il a été abusé, que cette libération parfaite n'était pas une libération en réalité. L'image s'arrête par moments sur des personnages, au deuxième plan généralement, comme tapis, prêts à fondre sur l'innocence d'un espoir tout neuf. Simone pense que c'est décevant ce qui se passe à l'Est. Elle avait cru que l'Histoire avec un grand « H » allait se raconter différemment, que tout serait différent... Les semaines ont passé, les mois, et depuis quelque temps, ça tourne court, c'est de nouveau la même Histoire. Même pas un an, et déjà les vieux pouvoirs reviennent, avec des masques, des vêtements neufs, qui ne cachent pourtant pas les désirs inchangés, les mêmes cupidités, le même besoin de domination des uns, la même impuissance des autres... Comme si de rien n'était... Pas seulement en Roumanie, ailleurs aussi, en Allemagne de l'Est, sauf, peut-être, en Tchécoslovaquie... C'est fini, l'émission est finie. C'est fini, maintenant il s'agit d'une grève d'Air France. De nouveau, elle supprime le son.

Des ombres glissent dans le vide, pas apeurantes, furtives, encombrantes pourtant. Une foule, des gens d'hier et d'aujourd'hui. Tous

les siens, tous les autres, des silhouettes, des
amis, des vies inconnues, inventées. Plus il y
en a plus c'est vide...

Elle n'arrive pas à fixer son attention. Elle décide
de se faire du café. Tant pis pour le sommeil. Quoi
qu'il en soit elle ne dormira pas. Elle va dans la
cuisine. Elle en profite pour ranger le placard à
balais, pendant que le café passe. Elle revient avec
un plateau sur lequel il y a une vieille cafetière
expresso, une tasse, du sucre. Elle pose tout ça par
terre au pied de la table de nuit. Elle entre dans
une pièce qui sert de bureau, en ressort avec un
gros dossier portant une étiquette : « Papiers
copropriété ». Elle le pose en équilibre sur les
albums, et se recouche. Elle ouvre le dossier, y
prend une chemise sur laquelle est inscrit « Char-
ges », puis une autre où est inscrit « Concierge »,
puis celle où est inscrit « Chambres de bonne ».
Tout ça ne l'intéresse pas non plus, elle laisse
tomber. Elle ferme les yeux.

Elle imagine que si elle n'éprouve ni désir ni
espoir, ce n'est pas qu'elle les a perdus, c'est
qu'elle est fatiguée, c'est qu'ils sont cachés
dans un de ses recoins et que, si elle se
maintient comme elle est, sans bouger, presque sans respirer, paupières closes, à laisser
défiler les images, elle va dénicher le désir et
l'espoir, les éprouver de nouveau.
Elle pourrait s'endormir, demain ce serait
fini. Elle ne peut pas dormir, le coup de
téléphone l'a bouleversée. Elle se lance dans
cette traque pour s'occuper, pour veiller, et
puis elle a promis à Linda de donner le

biberon de la petite fille si elle venait à se réveiller...

De toute manière elle ne s'endort jamais avant le retour de son mari.

Maintenant elle se laisse prendre par les charmes de l'immobilité, elle est comme un chien à l'arrêt. Elle sent s'amorcer en elle un mouvement d'ouverture, elle croit découvrir une porte qui donnerait sur quelque chose qui ressemblerait à de la curiosité, presque à du désir. Elle veut passer par là...

Viennent des regards, des corps, des rues, des couloirs, des magasins. Elle fait comme avec la télé : elle zappe ses propres images, s'attarde à peine sur certaines. Elle cherche autre chose.

Elle trouve la plage de sable gris – noir là où il est humide –, les petites vagues qui ne font même pas d'écume tant la mer est assoupie; elles viennent bercer jusqu'au rivage le sommeil des grandes profondeurs. L'une se retire, l'autre la remplace. Douces.
Elle est déçue : c'est sa plage, elle la connaît par cœur. Ce n'est pas par elle que se renouvelleront l'espoir et le désir : elle la connaît trop, elle l'a usée à force de l'avoir rêvée, recréée.
Tout de même, pour ne pas refermer aussitôt la porte, elle essaie l'image de sa plage quand le soleil est au zénith et transforme l'eau plate en miroir aveuglant..., elle l'essaie par une nuit noire quand la mer n'est pas visible, qu'on ne fait que l'entendre...,

150

elle l'essaie au clair de lune quand les vaguelettes roulent des particules phosphorescentes…, elle l'essaie un jour de tempête quand
les déferlantes viennent se fracasser sur la
plage, qu'elles grondent, qu'elles écument…
Autant d'échecs…

Elle pleure.

Ne restent de cet exercice que ses yeux
humides de larmes si anciennes qu'elles ne
parviennent plus à franchir l'obstacle des
paupières. Il y a longtemps, longtemps, très
longtemps que cette plage existait pour de
bon, qu'elle n'avait pas besoin de la rêver,
qu'elle la vivait. Longtemps : dans sa jeunesse, dans son enfance…

Elle cherche son paquet de cigarettes sous les
journaux, tombe sur une photo en couleurs du
mur de Berlin, côté ouest, c'est bariolé, c'est beau.
Finalement elle trouve son paquet, compte les
cigarettes qui lui restent, cinq. Elle a beaucoup
trop fumé.

Elle revient à la réalité, elle écoute la nuit…
Est-ce que la petite s'agite? Non, elle est
calme.
Elle va de l'enfant à elle comme les vagues :
l'une commence, l'autre finit…

Sa pensée saute au plus cru, au plus vif d'elle-
même : ses cinq enfants, luisants de l'eau tiède de
son ventre, englués de son sang.
Elle passe de l'un à l'autre, dans l'ordre de leur

venue au monde. D'abord Bernadette, l'aînée des cinq, qui vit au Canada, une force de la nature, elle est homosexuelle. Et puis les jumeaux Blaise et Nicole qui ont passé leur enfance et leur adolescence à se disputer et qui ne savent pourtant pas vivre l'un sans l'autre, même aujourd'hui que Blaise est père de famille et que Nicole est infirmière. Et puis Linda, la sage, la jolie, qui a eu une petite fille avec un pilote de ligne. Et le dernier, Jérôme, un musicien qui est entré à Normale Sup l'année dernière. Simone les connaît, elle les connaît par cœur.

Elle s'en veut d'avoir laissé remonter la plage, encore. Comme si elle ne savait pas qu'à chaque fois qu'elle se met dans cet état d'attention figée, aux aguets, au bord de son inconscient, prête à y tomber, c'est la plage qui revient avec son rythme de berceuse, sa fonction de nourrice.
C'est du temps gâché : une fois que la plage est là elle ne sait plus s'en passer, elle voudrait la retenir, elle a peur de la perdre. La plage vient de si loin, intacte, jubilante, attirante, et lourde aussi de tout un tas de signes. Elle pourrait être un trésor, mais en réalité elle est une tombe. Cette eau, ce sable, ce temps ne la font pas progresser, ils la tirent en arrière, ils l'enterrent...

Elle met une cassette d'Ella Fitzgerald. « I love Paris in the springtime... » Elle se voit en train de danser le jitterbug avec sa cousine. Le jitterbug, le boogie-woogie, le bop... le blues. Mimi disait : « Le blues c'est ravageant. »

Elle se revoit à Marseille, sa ville natale, avec Mimi. Elle aimait tant l'odeur de pisse et de poussière de sa ville. Elle entraînait sa cousine jusqu'au port qui les enchantait; le Vieux-Port avec ses barques et ses traversiers, l'autre port, avec des paquebots et des cargos qui sentaient les épices, le bois, les oranges pourries. Et les bassins de radoub, les chalutiers indécents, leur coque à nu, dehors, barbouillée de noir. L'odeur du goudron. Les grues dans le ciel faisaient valser des voitures ou des filets, aux grandes mailles de corde, remplis de caisses. Les dockers bossus de sacs de blé. La drague ânonnait des bruits de chaîne. Les mouettes piaillaient au retour des pêcheurs.

Tout au long de sa jeunesse elle a eu la mer sous les yeux, celle-là, celle du port, emprisonnée par les quais, grasse, domptée. Et l'autre mer, celle du dehors, après les jetées, après les phares, coiffée d'aigrettes, en robe de lourd satin bleu et vert, la haute mer qui sépare et unit Marseille et Alger. Quand elles étaient enfants elles s'envoyaient des messages dans des bouteilles qui n'arrivaient jamais, ensuite, dans leur adolescence, elles cherchaient des coquillages sur les plages après les tempêtes d'équinoxe et elles s'écrivaient : « La dernière grosse mer m'a apporté ta nacre rose, c'est la plus belle nacre que j'aie jamais vue. » Et l'autre répondait : « J'ai trouvé ton oreille-de-saint-Marc, hier. Grâce à elle je t'ai entendue rire comme si tu avais été là. Bientôt les vacances de Pâques, je serai à Marseille. Comme la vie est belle, tu ne trouves pas? » Surtout il y avait la mer de sa plage, celle qui baignait si doucement le sable, du côté de Cassis, dans laquelle elle entrait en courant.

La plage s'enfonçait sous l'eau en pente douce. On pouvait entrer dans la mer en courant. On courait longtemps. Mais, peu à peu, l'eau était plus profonde et il fallait lever de plus en plus haut les genoux pour continuer à courir. Au bout d'un instant on n'y arrivait plus, la course devenait impossible. Alors on s'abandonnait à l'élan qui s'épuisait dans une gerbe d'eau raide, un splash éblouissant, une claque qui ne faisait pas mal, des bras liquides et fermes qui étreignaient, des bouches fraîches qui embrassaient avidement tout le corps, partout. L'extase. Ce bonheur-là, intense, éprouvé chaque jour et même plusieurs fois par jour.

Elle se disait alors que, plus tard, elle ne vivrait pas seulement le bonheur dans ses plongeons, elle le vivrait pour de bon. Le bonheur était en elle, il ne demandait qu'à s'épanouir. Le bonheur, le vrai bonheur, le bonheur des grands, pas un bonheur d'enfant. Un jour elle serait adulte et elle mettrait en place le dispositif de son bonheur, elle saurait y faire...

Elle pense que la campagne lui produit un drôle d'effet. Les arbres, le ciel, les pierres, malgré elle, lui font faire des bilans. Ils posent des problèmes, proposent des opérations : des soustractions, des additions, des multiplications, des divisions, et ne donnent jamais les solutions; à elle de les trouver. Alors, elle, quand elle est ici, elle n'arrête pas de calculer. Mon Dieu, comme le temps est ennuyeux, il n'arrête pas de s'imposer, il ne laisse pas de repos. Elle se surprend à sautiller d'un bonheur à un autre comme si chaque bonheur de sa vie était une pierre d'un gué. Mais c'est un gué qui est une chausse-trappe : elle ne peut qu'avancer, à peine s'arrêter, elle ne peut pas reculer. C'est-à-dire qu'elle peut reculer en pensée, en mémoire, mais pas physiquement. Ça, elle ne peut pas le faire. Elle peut, avec les souvenirs, rebrousser chemin, mais elle ne peut pas ramener son corps dans les bonheurs passés; elle les trouve si beaux qu'elle se demande s'il en va du bonheur comme du vin, s'il se bonifie en vieillissant.

Les vieux bonheurs sont tellement lumineux. Son Juif errant – elle avait dix-sept ans, elle habitait encore chez ses parents qui voulait partir, qui est parti. L'amour fou qu'ils avaient eu l'un pour l'autre. Elle qui, pour le retrouver, avait sauté de l'ascenseur entre deux étages, lui qui pleurait contre le mur de la pharmacie, tournant le dos à tout le monde, croyant l'avoir perdue... Jamais plus elle n'avait aimé comme ça. Même Georges. Ça n'avait jamais plus été aussi innocent, l'amour.

En général le bonheur lui fait monter les larmes aux yeux. Son bonheur, et celui des autres aussi : les gens heureux la font pleurer. Pour elle le bonheur est comme l'eau très salée de la Méditerranée, ou comme les oignons coupés en rondelles qu'elle va faire frire, qui vont dorer et parfumer la cuisine. La Méditerranée et les oignons la font pleurer. C'est doux les larmes, aussi doux que les bébés repus qui s'endorment la goutte de lait au coin des lèvres, la bouche entrouverte contre le bout du sein, prête à le reprendre.

C'est doux le chagrin.

C'est doux la peine quand un bonheur est fini, qu'on ne peut plus le faire durer, qu'il est usé, que plus rien ne fonctionne dans son moteur, ni les mots, ni les regards, ni les caresses, ni les colères, ni même les larmes; cette peine-là est un autre bonheur : calfeutré, dedans. Chapelle abandonnée, ombreuse, juste les murs blancs et dehors c'est midi...

Elle est devant son secrétaire, elle fouille dans le courrier qui est là. Elle choisit plusieurs enveloppes déjà ouvertes, par avion, elle en sort des lettres qu'elle parcourt. Elle a l'intention d'y répondre. Une fois de retour dans son lit elle se rend compte qu'elle a oublié de prendre de quoi écrire. Tant pis, elle répondra plus tard.

Il est onze heures : les hulottes viennent de crier. La nuit est tiède, avec des grenouilles et même des grillons. C'est incroyable, l'hiver n'est même pas fini. La nuit est lourde avec un orage au loin. Elle a cru d'abord qu'il s'agissait d'un avion de la base de Salon-de-Provence exécutant un exercice de nuit. Mais les grondements se sont répétés et rapprochés et elle sait maintenant que c'est un orage qui roule dans le ciel et pas un avion.

Souvent les enfants pleurent par des nuits pareilles, mais pas la petite fille de Linda. Ce

bébé est sage. Elle ne se souvient pas d'avoir
eu un enfant aussi sage.
Elle ne veut pas penser à ses enfants, c'est
un sujet qui la dérange...

Pour elle, les enfants comme point de départ :
commencement d'une nouvelle vie. Mais pas fin de
l'autre vie, celle d'avant. Les enfants : une greffe.
Dans son écorce une entaille, profonde jusqu'à
l'aubier. À partir de là, de cette ouverture et de
l'épaisse cicatrice qui s'est refermée sur le greffon,
une prolifération de cellules, de branches, de
feuilles, de fleurs, de fruits. Mais le tronc est là, la
chair du départ, et toutes les racines. Elle se
demande :

– Tu le regrettes ? Tu regrettes d'avoir eu des
enfants ?

– Je ne le regrette pas. Je ne l'ai jamais regretté.
Mais parfois je ne sais plus où je suis. Où je suis
moi, celle d'avant les enfants.

Du tiroir de sa table de nuit elle sort des feuillets.
Ce sont des photocopies faites avec un appareil
défectueux, le texte est trop clair et les pages sont
cernées de noir, comme des faire-part de deuil.
Elles sont numérotées. Elle regarde le numéro de
la dernière : 43.

Elle remonte son drap encore plus haut,
jusqu'à ce qu'il couvre ses lèvres. Elle s'y
agrippe mieux. Elle pense qu'elle est au
volant d'un bolide qui la conduira ailleurs.
Peut-on avoir des idées pareilles à son âge ?
Comment se fait-il que lui viennent encore
de telles idées ? Elle se les reproche et, en
même temps, une boule se forme dans sa

gorge. Ses enfants diraient qu'elle a les boules. Elle ne comprend pas ce pluriel. Elle, elle ne sent qu'une seule boule, mais énorme, qui obstrue son larynx et augmente de volume au point de lui faire mal. Ses yeux la piquent...

Elle entend une voiture qui arrive dans la cour, une portière qui claque.

Son mari entre dans la chambre.

Georges : Mais qu'est-ce que tu as? Mais dans quel état tu es! Mais qu'est-ce qui s'est passé ici?

Simone ne répond pas. Elle est agrippée à son drap. Elle regarde son mari qui connaît bien son visage, qui sait qu'elle vit un drame, qui se demande de quel drame il s'agit, qui évalue le désordre du lit, de la pièce : partout des journaux, des magazines, des photos, des lettres, des enveloppes, la télé est ouverte sur de la neige, la radiocassette fonctionne avec, presque inaudible, la voix de Billie Holiday qui doit chanter depuis des heures, le téléphone est en équilibre sur une tasse de café vide, le cendrier est plein de mégots, et le visage de sa femme est barbouillé de ces traces luisantes que laissent les larmes en séchant.

Georges : Encore un drame. Ma pauvre Momone, comment fais-tu pour vivre perpétuellement dans le drame? Hein?

Elle ne répond pas, elle le regarde, elle le trouve beau. Plus il vieillit plus il est beau. Ses cheveux blancs bouclés. Quand ses cheveux sont trop longs et qu'il fait chaud, comme aujourd'hui, il a des sortes d'accroche-cœurs qui se lovent sur la peau mate de sa nuque. Ça émeut Simone, ça l'a toujours émue. Ses yeux clairs, très clairs : verts, bleus, jaunes. Il est grand. Il s'est tassé en vieillissant mais il est toujours immense. Elle aime se sentir petite contre lui, elle qui est tellement forte, tellement baraquée comme il dit.

Georges : Momone, ma Momone... Je rentre, il est deux heures du matin. Je suis crevé et voilà ce que je trouve en arrivant dans ma chambre : ma femme dans tous ses états. Est-ce que tu crois que ça me fait plaisir de te voir comme ça ? Tu es malade ? Est-ce que ma sœur Sylvie, la conne, t'a encore agressée au téléphone ?

– Pas du tout. Elle a effectivement appelé en fin d'après-midi, elle fait sa conférence sur Jérusalem à Valence. Elle viendra demain, comme prévu, pour deux jours. Elle a été charmante. Il y a longtemps que ta sœur Sylvie ne me touche plus.

– Admettons. Au moins dis-moi ce que c'est que ce bordel.

– C'est rien.

– Comment, c'est rien ?

– C'est rien. J'ai lu les journaux, j'ai regardé la télé, j'ai écouté de la musique... J'ai préparé la réunion des copropriétaires...

– Qu'est-ce que tu racontes ? Elle est pour septembre cette réunion !

– Georges, Georges, c'est Mimi !

– Nous y voilà ! Qu'est-ce qu'elle a encore fait Mimi ?

– Elle est morte !

– Morte !

– ...

– Morte ! Mais comment ? Quand ?

Simone relate, dans les moindres détails, le coup de téléphone de la concierge.

Georges : Et c'est à cause de ce coup de téléphone que tu décrètes la mort de Mimi?

– Oui.

– Il ne t'est pas venu à l'esprit qu'il pourrait s'agir d'une de ses crises de coliques néphrétiques? À chaque fois c'est la même histoire; elle hurle de douleur, elle tombe sans connaissance et on l'emmène à l'hôpital. Ça lui arrive au moins une fois par an.

– D'habitude je suis là.

– Cette fois-ci tu n'y es pas. Voilà tout. Tu te sens coupable? S'il était arrivé quelque chose de dramatique à Mimi tu serais prévenue. Tu connais le sens de l'organisation de ta cousine, elle a certainement tout prévu en cas de catastrophe.

Il commence à se déshabiller. Il est torse nu. Il fait le zouave, il fait semblant de ne pas pouvoir enfiler son pantalon de pyjama. Ce genre de gamineries, qu'il affectionne particulièrement, a le don d'agacer Simone. Elle remarque une fois de plus qu'il ne prend pas un pouce de graisse. Elle trouve ça injuste.

– Tu ne m'as jamais prise au sérieux. Jamais.

Elle éclate en sanglots. Elle pleure, elle parle. Elle pleure, elle parle. Elle parle de la mer, de la nage, du bonheur d'être dans l'eau, des grands mouvements qui font les bras et les jambes, de la légèreté du corps, de la liberté. Il l'écoute. C'est elle qui lui a appris à plonger. Lui, il est du continent. De l'eau, avant de rencontrer Simone, il ne connaissait que les canaux, les ruisseaux, les goujons, les piscines.

Elle parle de sa cousine. Elle parle de leur enfance, de leur jeunesse, de leur vie depuis toujours. « Nous sommes comme des jumelles, nous savons tout l'une de l'autre, nous sommes pareilles. » Georges intervient : « Comme le jour et la nuit. » Simone ignore l'ironie de Georges; ils ont déjà eu mille fois cette discussion, elle ne reviendra pas sur sa position, elle enchaîne. Elle parle de la dernière fois qu'elle a eu Mimi au téléphone, de leur mésentente ce soir-là : « C'était mercredi, il y a deux jours. » Elle parle des mots.

Il l'écoute. Il aime l'entendre parler. Il écoute la voix grave de Simone, il écoute le bruit que fait la voix de sa femme. Une voix basse qui gonfle les paroles comme des beignets, qui les égrène comme les grosses gouttes tièdes d'une averse d'été, une voix qui émane de Simone comme de l'ombre moite. Il écoute ces sons qui viennent des entrailles de sa femme, de ce lieu à l'intérieur d'elle où il va chercher son plaisir, où se sont formés ses enfants. C'est une musique qui le séduit depuis plus de quarante ans et il se laisse bercer. Cette femme qui est la sienne le rassure, le structure. Elle est sa matière, la substance de sa vie, elle est ce qu'il y a en lui de fluide, de souple, de vivant, de hardi, et pourtant elle est ce qui est le plus stable en lui, la constance, le courage.

Il entre dans le lit. Il la prend dans ses bras. Elle occupe sa place contre lui, comme si elle était fragile et précieuse et qu'elle s'emboîtât dans un écrin conçu exprès pour elle.

Simone : Tu es sûr qu'elle n'est pas morte?

– Certain.

Elle a glissé une main sous la veste du pyjama.

Comme il a la peau douce! La belle peau lisse du ventre.

Georges : Pourquoi pensais-tu à la mort?

– Peut-être parce que je ne t'ai pas vu de la journée.

– Il va donc falloir se débrouiller pour mourir ensemble.

Ils rient.

Ils plongent dans leur lac, dans leur eau, là où les mouvements sont faciles, où les corps ne vieillissent jamais, où les pensées sont légères, où le futur est le bonheur.

Ils s'endormiront avec l'aube.

Le 20 août 1991, la datcha de vacances de Gorbatchev est cernée par les hommes de main des putschistes. Face à eux, les empêchant de pénétrer dans les lieux : les hommes de main de Gorbatchev. À l'intérieur de la maison ainsi assiégée, le Président de l'Union soviétique est filmé par son gendre, vidéaste amateur. Cette pellicule sera gardée secrète et devra témoigner un jour du jugement porté sur le putsch : il le condamne sévèrement.

C'est le 24 août que Simone, devant sa télé, regarde ce document : le putsch a fait fiasco. Elle est plus attentive à l'image qu'aux propos, elle voit les traits tirés de Gorbatchev, elle voit qu'il est tendu, et elle voit, dans le fond de la pièce, une fillette d'une douzaine d'années qui esquisse des pas de danse.

Simone appelle Mimi au téléphone : Tu as vu le document privé de Gorbatchev?

162

Mimi : Oui.

Simone : Tu as vu la petite fille, au fond, dans la lumière ?

Mimi : Non. Quelle petite fille ?

Simone : La petite de Gorbatchev probablement, elle était avec eux en vacances.

Mimi : Qu'est-ce qu'elle faisait ?

Simone : Elle dansait.

Madame Aymard. Veuve d'un commissaire de police. Elle n'a eu, à son grand regret, qu'un seul enfant, une fille, qui est surveillante générale du collège Sainte-Clotilde à Paris, dans le VIIᵉ arrondissement. À la mort de son mari elle entreprend des études. Est actuellement titulaire du diplôme d'État d'infirmière. Elle travaille bénévolement pour la Croix-Rouge du Finistère. Sanglée dans son uniforme gris-bleu, elle fait le bien comme d'autres font de l'argent, avec acharnement (*p. 12*).

Jacques Cinqmars. Né en 1919. Canadien. Ingénieur électricien. Débarque en Algérie, à Sidi-Ferruch, le 8 novembre 1942, avec les troupes alliées. 1,85 m, 80 kilos, blond, athlétique. Il fut une des vedettes de l'équipe de hockey sur glace de l'Université de Montréal. En janvier 1943, à Alger, il rencontre Mimi Aubry, alors âgée de seize ans, de huit ans sa cadette. L'ayant engrossée il se voit dans l'obligation de l'épouser. Ils ont un fils : Christian. À la fin de la guerre il retourne au Canada. Mimi restera en France, à Paris, afin de terminer ses études. Licenciée ès lettres à dix-sept ans, elle rédige, au moment du départ de son mari, un diplôme d'études supérieures sur Philon d'Alexandrie. Elle sera reçue à l'agrégation à l'âge de vingt-deux ans, abandonnera le projet de rejoindre son mari au Canada et entreprendra une thèse sur les Pères de l'Église. En 1948 Jacques Cinqmars demande le divorce. Il se remarie l'année suivante avec Flora Kennedy, de laquelle il aura huit enfants. Il sera un des initiateurs des grands travaux de la baie James auxquels il consacrera entièrement sa vie jusqu'à sa retraite en 1984. Sa seconde épouse se suicidera en 1985 (*p. 13*).

RAYMOND, PIERRE et JEAN AUBRY. Nés en 1921, 1924 et 1925. Frères aînés de Mimi. Sont, respectivement, au moment du divorce de leur sœur : médecin, ingénieur-agronome, officier d'artillerie. Incapables de survivre à la fin de l'Algérie française, ils décéderont prématurément (ainsi que de nombreux pieds-noirs) dans les dix ans qui suivront leur rapatriement en France (*p. 13*).

MADAME AUBRY. Née Céline de la Besse. Mère de Mimi, sœur du père de Simone. Par coquetterie ne dit jamais son âge. Jolie femme élégante. Éprise d'opéra et de chapeaux. Elle a sa loge à l'Opéra d'Alger et achète ses chapeaux une fois par an à Paris, chez Rose Valois. Veuve en 1943. En 1962, à la fin de la guerre d'Algérie, contrainte de quitter sa maison, elle n'emporte avec elle que son piano à queue, un Gaveau. Elle s'installe avec lui, à Paris, chez Mimi. Ne supporte pas le décès de ses fils. Se laisse dépérir... Le matin de sa mort, le 5 février

1980, elle se lève à cinq heures, fait sa toilette, se parfume, brosse longuement ses cheveux avant de refaire son chignon, revêt une chemise de nuit en crêpe de Chine mauve. À sa fille qui lui fait remarquer qu'il est bien tôt pour se livrer à ces occupations, elle objecte : « Je sais ce que je fais, il n'y a rien de plus laid que les vieux morts. » Sur ce, elle s'étend sur son lit et entre en agonie. Elle avait quatre-vingt-cinq ans (*p. 13*).

HENRY BLOOM. Né à Belfast en 1926. Adepte de Gurdjieff. Embarque à Southampton comme matelot de pont sur un cargo norvégien faisant route vers les Indes. Il est débarqué à Marseille pour raison de santé. Rencontre Simone de la Besse, alors âgée de dix-neuf ans, avec laquelle il vivra une aventure amoureuse si intense qu'il sera sur le point d'abandonner son projet. Finalement Simone elle-même le décidera à rejoindre la communauté de Lanza del Vasto établie dans le sud de la France. Au début des années cinquante, s'engage dans le mouvement beatnik, parcourt les États-Unis, se lie d'amitié avec Jack Kerouac avec lequel il fait un moment la route, devient d'ailleurs un des personnages de *On the Road*. Vit depuis vingt-quatre ans dans l'ashram de Sri Aurobindo (*p. 14*).

NICOLAS PAPADOPOULOS. Né en 1941 à Salonique. Élève au lycée français de cette ville. En 1957 (année où Simone Legrand est son professeur de lettres), on relève, sur son livret scolaire, les commentaires suivants : « N'est attiré par aucune matière »; « Ne peut fixer son attention »; « Distrait la classe ». Ne terminera pas ses études. Devient marchand de voitures d'occasion au Pirée. Dès 1960, il émigre en France, à Paris, où il ouvre un magasin de farces et attrapes. Sera plusieurs fois primé au Concours Lépine; notamment pour ses « lunettes à éplucher les oignons » et pour son « siège de toilette chauffant ». Devenu milliardaire, il habite un hôtel particulier du XVIe arrondissement (*p. 18*).

MONSIEUR AUBRY. Né en 1891 à Blad-Touaria. Père de Mimi. Ingénieur des Ponts et Chaussées. Gazé en 1917. Après la guerre n'exercera aucun métier précis, vivra du revenu de ses terres : mille cinq cents hectares dans le département d'Oran, hérités de sa famille. Il se consacrera aux études de sa fille à laquelle il vouera un amour exclusif. De santé fragile, il mourra jeune, en 1943 (peu après le mariage de Mimi avec un officier de la RAF), emporté par la tuberculose (*p. 19*).

MICHEL DUCHEMIN. Né en 1953. Artiste peintre. Passe sa jeunesse dans une petite casse de voitures dont son père est propriétaire. Pour l'anniversaire de ses huit ans, sa marraine lui offre une boîte d'aquarelle. Dès lors il est hanté par les couleurs et passe ses jours de congé à barbouiller des carcasses d'autos. Les formes et les volumes le hantent à leur tour. Il sera peintre. Son père l'aidera. Il monte à Paris où il loue un atelier au onzième étage d'un immeuble du XIIIe arrondissement. À l'époque où il est l'amant de Jeanne, il est dans sa période « mécanique » : il peint des engrenages, des circuits électriques, des arbres à cames, dans des tons pastel. Il vient d'exposer dans une bonne galerie. Pour définir sa peinture, certains critiques d'art l'ont comparé à Léger, à Sonia Delaunay et à Gleize... (*p. 24*).

JOHN BURSTLEY. Né en 1948 à Boston. Fils de Patrick Burstley, émigré écossais. Ce dernier commence sa vie américaine en travaillant comme docker à Brooklyn, puis il se fait embaucher dans un haras à Cleveland. Devenu entraîneur de chevaux de course, il s'enrichit et décide sur le tard de se marier et d'avoir un enfant. Il épouse une Écossaise. Ils ont un fils, John, qu'ils élèveront dans la plus pure tradition britannique. Pourtant John ne respectera rien des us et coutumes de l'Angleterre : chaque matin, en partant pour l'école, il tire la langue au portrait de la reine Élisabeth II qui trône dans l'entrée de la demeure familiale. Il fait le désespoir de ses vieux parents. Cancre absolu, buveur, joueur, avec cela faible de caractère, paresseux, incapable de la moindre autonomie; à quarante ans il est encore entretenu par ses parents. En désespoir de cause, son père pense à l'envoyer en Ecosse chez sa sœur Mary Mac Dempsy, qui vit à Loch Megan, le berceau de la famille Burstley. La vieille dame, scandalisée par la paresse, l'incorrection et l'irresponsabilité de John, lui apprend une nouvelle affligeante : son vieux père, devenu colossalement riche, est sur le point de le déshériter. Pour John c'est un coup terrible et, pour la première fois de sa vie, il prend une initiative : il s'envole vers Paris, où il descend à l'hôtel Hilton. Il ne sait pas le français, il ne sait pas pourquoi il est là. Dans le tiroir de sa table de nuit il trouve une bible anglaise, l'ouvre et tombe sur un passage des Proverbes (17) : « Les enfants des enfants sont la couronne des vieillards. » Il sort, décidé à donner un héritier à sa noble famille, il est persuadé que cela arrangera tout (*p. 34*).

MARCELLE PAUL. Née en 1932 à Bergerac. En 1953, rencontre Lucien Rétoré, international de rugby. En 1954, le Racing Club de Paris offre à ce dernier la gérance d'un magasin d'articles de sport. Marcelle et Lucien s'installent dans la capitale. Ils n'en bougeront plus. À la fin de 1954 ils ont un fils, Jean, en 1956 un autre fils, Philippe... et, depuis, la vie... Lucien, qui était déjà marié et père de famille avant de rencontrer Marcelle, ne demandera jamais le divorce... Marcelle vient souvent s'asseoir sur un banc du boulevard Raspail où elle pense à Bergerac. Bergerac, Bergerac... Heureusement qu'il y a Bergerac (*p. 36*).

EMMANUEL KANT, 1724-1804. Philosophe allemand. Maniaque, ne modifia qu'une seule fois le trajet de sa promenade quotidienne : au cours de l'été 1789 il se rendit au-devant du courrier qui portait à Königsberg des nouvelles de la Révolution française. Kant situe la raison au centre du monde. L'homme peut élaborer une physique « a priori », dans laquelle les objets de la connaissance se règlent sur la nature du sujet pensant, ainsi qu'une loi morale à laquelle est soumise sa raison pratique. Le premier exposé que Mimi eut à faire à l'université portait sur la *Critique de la Raison pure*. Kant écrivit aussi *Critique de la raison pratique, Critique du jugement, Fondements de la métaphysique des mœurs*, etc. Sa philosophie provoqua une véritable révolution dans la pensée occidentale (*p. 42*).

MARTIN HEIDEGGER, 1889-1976. Philosophe allemand. Entretint des rapports de sympathie avec le nazisme. Aimait à se montrer en culotte tyrolienne. A exploré des chemins qui ne mènent nulle part : *Holzweg*. Ses travaux sur l'ontologie existentielle ont une portée mondiale. Réflexion sur l'existence « et/ou » le fait d'exister : *L'Être et le temps*, 1927; *Introduction à la métaphysique*, 1953 (*p. 42*).

LOUISE HAMEL. Née en 1898, à Chicoutimi, dans une famille de riches forestiers. Troisième de treize enfants. Comme elle était douée pour les études sa famille l'envoya en Europe. Elle souffrit tant du mal de mer à l'aller qu'elle hésita à revenir. Séjourna particulièrement longtemps en Italie où elle prit des cours de dessin et étudia l'architecture. De retour au pays, son père et son frère aîné lui confièrent la construction de leurs nouvelles scieries. La réussite fut telle que son frère aîné l'aida à ouvrir à Montréal un cabinet d'architecte-conseil. Ne se maria pas, n'eut pas d'enfants, on ne lui connaît pas d'amants. En dehors de l'architecture, se passionne pour les fleurs, les plantes, les arbres, tout se qui se sème, se greffe, se marcotte. Habituée du Jardin botanique, certainement elle y rôde (*p. 43*).

MAURICE MERLEAU-PONTY, 1908-1961. Philosophe français. S'efforcera tout au long de son œuvre de comprendre l'expérience humaine. Il s'inspire des analyses marxistes mais refuse l'explication matérialiste du devenir historique. Il cherche à maintenir ouverte une dialectique historique dans laquelle la liberté ne serait pas systématiquement opposée à la nécessité, l'objectivité à la subjectivité. Longtemps en coquetterie avec le Parti et avec Jean-Paul Sartre, il rompt définitivement avec eux en 1945. *Structure du comportement*, 1942; *Phénoménologie de la perception*, 1945; *Sens et non-sens*, 1948; *Signes*, 1960, etc. (*p. 44*).

ÉMILE TESTON. Né en 1935 à Paris. Ses parents tiennent une boutique de prêt-à-porter masculin à l'enseigne de « Le Veston Teston ». Capacité en droit. Il devient chroniqueur mondain à la télévision. En 1968, victime de la purge de l'ORTF, il est renvoyé. Profondément blessé par cette mesure qu'il juge inique, il change radicalement de vie, prend la succession de son père au Veston Teston, vend son poste de télévision et ne regarde désormais le petit écran que debout, dans la rue, à travers la vitrine de la Maison du Son qui jouxte son domicile (*p. 46*).

DANIEL VIDAL. Né en 1954 à Clamart. Coursier chez Kodak. Est un obsédé du cinéma : il sait tout sur tous les films. Fut, récemment, concurrent au jeu « Monsieur Cinéma ». Il fut tellement impressionné par le plateau de tournage, les caméras, les projecteurs, etc. qu'il se trouva dans l'incapacité de répondre aux questions pourtant simples qui lui furent posées : « Comment s'appelait le héros du deuxième film de Jacques Tati ? », « Qui tenait le rôle de M. dans *M. le maudit* ? » Il se représentera, il paraît qu'il en a le droit. La deuxième secrétaire du bras droit de Pierre Bellemare l'a affirmé. Ce matin, alors qu'il pensait à cela, il a failli écraser un piéton qui faisait du jogging au beau milieu de la circulation (*p. 47*).

Yves Brisset et Gérard Perucho. Tous deux employés à l'agence EDF de la rue de Rennes. Pratiquent le culturisme dans la même salle de la rue de Vaugirard. Font, en outre, du vélo en tandem. Ont remporté, l'an dernier, la Coupe Alfred-Dubuc à la Cipale de Vincennes (*p. 49*).

Normand Cabalacci. Né en 1950 à Suze-la-Rousse. Sa mère eut un accouchement difficile, il vint au monde à l'aide des forceps. Les grands fers lui entamèrent le front et la base du crâne. De santé très fragile, ses études en pâtirent; il ne put devenir médecin, ni même infirmier, comme il le désirait. Faute de mieux, il a pris un emploi au crématorium d'Orange où il est ordonnateur des pompes funèbres. Ses fonctions exigent qu'il soit toujours vêtu de noir (*p. 50*).

Johanne Marchesault. Née en 1971 à Joliette. Père représentant chez Molson : « la bière d'élite ». Sa mère élève ses six frères et sœurs; Johanne est l'aînée. Très douée pour les mathématiques, l'électronique, la bureautique, les sciences et les techniques en général, elle rêve d'entrer à l'École polytechnique de Montréal. Dès que ses économies le lui permettent, elle prend le bus et va rendre visite à une de ses amies qui est déjà à Polytechnique; elle-même ne présentera l'examen d'entrée que l'année prochaine. Elle boit un Coke à la cafétéria de l'école avec sa copine. Il lui semble qu'elle y est pour de bon. Finis Joliette, les frères et sœurs, le père qui rentre soûl tous les soirs, la mère qui a des varices plein les jambes, qui regarde *Le Parc des braves* ou *Les Dames de cœur* à la télévision, le mardi. Fini tout ça... Un jour de novembre 1989, elle est là avec sa chom, elles bavardent. Elle voit entrer un gringalet qui brandit un fusil. Elle dit : « Qué cé-tu qu'y fait, lui, là, avec son gun ? » Son amie se détourne, voit le garçon, dit : « C'est rien qu'une joke. » Une formidable détonation éclate. Son amie part à la renverse sur la table de derrière. Il y a des cris, d'autres détonations. Quelqu'un a précipité Johanne à terre. Elle croit entendre une voix : « Toutes des féministes. » Quand il n'y a plus de bruit, que c'est fini, elle se relève. Sa copine est morte, une balle est entrée dans sa gorge et lui a fracassé le crâne (*p. 55*).

CLÉMENT DESPRÉS. Étudie l'hébreu, le sanscrit et l'arabe à l'École des langues orientales. Mobilisé en 1942 après avoir bénéficié d'un sursis. Mort au champ d'honneur le 28 octobre 1943 : au cours d'une reconnaissance, pris d'un besoin impérieux, il s'arrête auprès d'un arbre où il est abattu par un ennemi en embuscade. Selon ses dernières volontés il est enterré avec la photo de Véra Lipisky sur son cœur (*p. 57*).

BLAISE LEGRAND. Fils de Simone et Georges, frère jumeau de Nicole. Obsédé par les ordinateurs. Rédige une thèse sur les simulateurs de conduit vocal. Fait un stage à Silicone Valley aux États-

et Georges, lors d'un voyage que celle-ci effectue en Amérique du Nord et au cours duquel elle rend visite à son cousin. Coup de foudre, Ginette et Bernadette ne se sépareront plus. Ginette est pharmacienne et Bernadette professeur d'Éducation physique. Elles vivent à Montréal sur la rue Clark (*p. 70*).

Jean-Louis Le Plantec. Né en 1925. Magistrat à la retraite. Époux de Sylvie Legrand, professeur de latin et de grec, sœur de Georges, belle-sœur de Simone. Jean-Louis et Sylvie ne s'entendront jamais et n'auront pas d'enfant. Pour des raisons de convenances – ils exercent dans une petite ville de province – ils ne demanderont pas le divorce. À l'époque du voyage de son épouse à Jérusalem il a la douleur de perdre Myriam Céliard, sa maîtresse depuis vingt-deux ans, de laquelle il a eu trois enfants illégitimes. S'est retiré dans le Morbihan (*p. 73*).

Michel Platini. Footballeur français né en 1955 en Meurthe-et-Moselle. Milieu de terrain. Stratège de l'équipe de France avec laquelle il remporte le Championnat d'Europe en 1984. Joue successivement à Nancy, à Saint-Étienne, et à la Juventus de Milan. Génial tireur de coups francs. Abandonne la carrière de footballeur professionnel en 1987 (*p. 79*).

Attila, 395-453. Roi des Huns, peuplade nomade réunissant plusieurs tribus barbares et certaines populations de Haute Asie. Au début du vᵉ siècle les Huns cantonnent en Pannonie, région d'Europe centrale qui correspond à la Hongrie actuelle. Après avoir tué son frère qui avait été élu roi en même temps que lui, Attila part à la conquête de l'Orient, puis de l'Occident, ravageant tout sur son passage, ne descendant pour ainsi dire jamais de son cheval. Il envahit la Gaule, évite Lutèce où prie sainte Geneviève, se fait battre près de Troyes, aux Champs catalauniques. En dépit de cette défaite, il réforme ses troupes et ravage alors le nord de l'Italie. Le pape Léon Ier le convainc d'arrêter là ses pillages, ce qu'il fait moyennant tribut. Rentre en Pannonie où il meurt un an plus tard. Son empire ne lui survivra pas. (L'auteur de ce texte se questionne : Attila est-il l'inventeur du steak tartare ?) (*p. 95*).

HEGEL, 1770-1831. Philosophe allemand. Tente, par la dialectique, de rendre transparente la réalité à la pensée, ce qui le conduit à faire de l'histoire l'œuvre de la raison. Les bouleversements politiques de son temps le passionnent. Il étudie l'histoire religieuse et spirituelle des peuples. Il croit fermement que l'esprit du monde, après avoir surgi en Grèce, a transité à travers plusieurs lieux de l'histoire universelle et a fini par se faufiler en Allemagne, plus particulièrement dans son cabinet de travail. D'après lui, l'histoire peut avoir une fin. *Phénoménologie de l'esprit*, 1807. Ses cours sur la philosophie du droit, de l'histoire, de la religion et sur l'esthétique seront publiés après sa mort (*p. 96*).

JOCELYNE PAOLI. Née en 1963. Son mari portant le nom de Tekles Topaktas, a décidé de garder son nom de jeune fille. Toutefois, depuis la naissance de son fils, elle se demande quel nom son enfant choisira de porter plus tard. Cela la rend, par moments, perplexe (*p. 97*).

MIRA. Chienne, épagneul breton. Date de naissance incertaine. Mourra le 22 août 1990 dans les bras de son nouveau maître : Bernard Grémille (*p. 97*).

ZBIGNIEW RICHLOWSKY. Né en 1929 à Dantzig, dans une famille d'aristocrates. Étudie la musique, obtient un poste de deuxième violon à l'Orchestre philharmonique de Cracovie. Vu ses antécédents familiaux il n'a aucun espoir d'avancement. Désabusé, il sombre carrément dans la médiocrité et légèrement dans la contestation. Cela suffit pourtant à le faire expédier comme mineur de fond en Silésie. À partir de 1981 l'atmosphère se détend en Pologne. Il sort de sa mine, rejoint un de ses amis d'enfance qui vit misérablement dans une masure entourée d'un jardinet (ancienne étable de son domaine familial), et dont l'épouse file la laine et tricote des chandails pour son mari et ses enfants. En 1988, Zbigniew Richlowsky décide d'aller vendre ces chandails à la ville. Il rencontre des musiciens et forme avec eux un petit orchestre de jazz (*p. 108*).

DIMITRI VUTCHAKOFF. Né en 1968 à Tchernobyl. Parents fermiers, six frères, deux sœurs. Sa famille est anéantie dans la catastrophe nucléaire survenue dans sa ville natale. Lui-même est gravement irradié et promis à une mort prochaine. Décidé à profiter le mieux possible du peu de temps qui lui reste à vivre, il se met au service d'un receleur moscovite qui lui fait passer en Pologne de petits bijoux, des pièces d'or, et différents objets de valeurs, produits des rapines soviétiques. Il opère à Cracovie (*p. 108*).

RAYMOND BESAUDIN. Né à Clermont-Ferrand en 1944. Père gendarme. Élevé dans diverses garnisons de province. Scout de France. Secouriste. Licencié ès lettres. En 1967, épouse Véronique Sourdon, fille des meilleurs amis de ses parents. Les événements de 1968 bouleversent ses convictions. Il laisse pousser ses cheveux, devient baba cool et part, avec sa femme, élever des chèvres dans l'Ariège. Ils y resteront dix ans. Quatre enfants leur naissent. Le fromage de chèvre ne suffit pas à les nourrir. D'ailleurs les chèvres, en général, n'ont plus grand intérêt pour lui. Raymond cherche du travail à la ville. Passionné d'écologie, il accepte un poste de professeur d'instruction civique dans un lycée parisien (*p. 115*).

Amants de Mimi :

JACQUES BARBIER, 7 fois. BERNARD DUPREYRE, 3 fois. RENÉ LALONDE, 1 fois. Tous les trois sont professeurs de lettres à l'université de Vincennes.

SERGE RIMACCOTI, chauffeur de taxi, 1 fois, à l'hôtel.

ALEXANDRE TATSIDIS, instructeur de planche à

voile au Club Méditerranée de Djerba, une semaine.

PATRICK SMITH GARETT, philosophe. 4 jours. Au cours d'un colloque sur la mythologie qui se déroule à New York. Mimi y fit une communication sur Egisthe et Clytemnestre.

ANDRÉ LLANSO, viticulteur bordelais, ami d'enfance, marié, père de famille nombreuse. Mimi le rencontre deux fois par an depuis trente ans, quand André monte à Paris pour le Salon de l'Auto et le Salon de l'Agriculture. *(p. 122)*

MÉDÉE. Personnage de la mythologie. Savante et magicienne. Fille du roi de Colchide et nièce de Circé l'enchanteresse. Elle tombe amoureuse de Jason venu dérober la Toison d'or qui appartient à son père. Elle l'aide à commettre son forfait puis s'enfuit avec lui, en compagnie des Argonautes, sur son navire l'*Argo*. Afin de couvrir leur fuite elle fait tuer et couper en morceaux son propre frère. Puis elle empoisonne le roi Pelos. La périlleuse équipée de Médée et de Jason se termine à Corinthe. Mariée devant les dieux à Jason, mère de ses enfants, Médée n'a pourtant aucun droit sur eux. Pour la loi grecque, qui n'admet pas le mariage entre Grec et non-Grec, elle n'est qu'une vulgaire étrangère. Jason, lâchement, profite de cette loi pour épouser la fille de Créon, le roi de Corinthe. Au jour prévu pour les noces, Médée empoisonne Créon, sa fille, tue ses enfants et prédit à Jason quelle sera sa fin : il s'endormira auprès de son navire, alors la belle proue de l'*Argo* se détachera et lui écrasera la tête. Cette prédiction se réalisera. Auparavant elle s'envole avec les cadavres de ses fils sur le char éblouissant que lui a offert son grand-père le Soleil. Elle ira mettre en sûreté le corps de ses enfants dans le temple d'Héra, puis ira rejoindre Égée, le roi d'Athènes, avec lequel elle aura un fils (*p. 124*).

CHEVALIERS TEUTONIQUES. Ordre hospitalier fondé en 1190 lors du siège de Saint-Jean-d'Acre, par les villes de Brême et de Lübeck, afin de soigner les croisés germaniques blessés. Devient un ordre militaire en 1198. À la fois croisés, conquérants, administrateurs, convertisseurs, architectes, les chevaliers teutoniques envahirent la Pologne, la Prusse, la Livonie, la Pomérélie, l'Estonie, la Courlande, etc. Mais leurs expéditions vers l'est furent un échec. Ils furent battus par Alexandre Nevski sur le lac glacé de Tchoudsk. Ils fondèrent des villes : Kronstadt, Königsberg, etc. En 1809 l'ordre fut supprimé en Allemagne par Napoléon Ier. Il subsiste toujours en Autriche, sous la forme d'un ordre de chevalerie ecclésiastique (*p. 130*).

SARAH BACRY, dite MAURICETTE. Née en 1932. Déportée en 1943. A tout subi : les rafles, Drancy, les camps. Elle est un des rares enfants à avoir survécu au génocide. Est morte en 1946, en France, dans sa ville natale. Est enterrée dans un cimetière provençal (*p. 139*).

GEORGES LEGRAND. Né en 1929. Agrégé de grammaire. Épouse Simone de la Besse en 1950. Enseigne la linguistique à Aix-en-Provence (*p. 158*).

Unis où il rencontre Jane Cronwhite qu'il épouse et avec laquelle il a une fille. Associé au projet japonais d'ordinateurs super-rapides pouvant effectuer 10 milliards d'opérations par seconde : mémoire de 1 milliard d'octets. (Actuellement les plus puissantes mémoires se comptent en dizaines de millions d'octets). (*p. 60*).

JEANNETTE. « Ne pleure pas Jeannette. » Vieille chanson française. Le jour du mariage de Mimi avec Jacques Cinqmars, Simone, croyant perdre sa cousine pour toujours, éclata en sanglots. Voyant cela, ses cousins, les frères de Mimi, se méprenant sur la raison de ses larmes, se mirent à chanter : « Ne pleure pas Jeannette, etc. » (*p. 59*).

JIM BROWN KHUONG. Né à Saigon. Père : Chester Brown, officier d'aviation dans l'US Air Force. Mère : May Khuong, call-girl, d'origine chinoise. Jim naît en pleine débâcle américaine. La mère et l'enfant sont envoyés aux États-Unis dans la famille de Chester. Ce dernier eut par la suite une conduite héroïque : son avion étant dangereusement touché, il doit sauter en parachute. On l'ampute d'un bras, le droit. Il abuse alors de la morphine et devient héroïnomane. Quand il rentre au pays il n'est plus qu'une loque. Cinq ans plus tard le couple divorce, Jim a neuf ans. L'année suivante son père se suicide. Sa mère décide de rejoindre une partie de sa famille qui s'est exilée et vit au Canada, dans le Chinatown de Montréal. Jim est un jeune homme studieux et taciturne, sa seule distraction est le vélo qu'il pratique même en hiver, malgré le froid. Il ne sort de sa réserve qu'à l'occasion des fêtes masquées et déguisées : le Têt, le carnaval, Halloween. Il n'est vraiment à son aise que lorsqu'il porte un masque. Généralement il choisit des déguisements animaliers : un ours, un singe, une panthère... (*p. 61*).

L<small>ARBI</small> B<small>ELKHADI</small>. Né à Mostaganem dans le département d'Oran. Son père, Kader Belkhadi, était cocher de fiacre et possédait une voiture de louage en stationnement sur la place de l'église. Son père était, en outre, propriétaire de deux mules et de leur harnachement de plumes d'autruche. Il les louait au curé de la cathédrale pour les enterrements chics. Dans ces occasions le père de Larbi conduisait lui-même le corbillard, ce qui était considéré comme une grande faveur. Larbi Belkhadi, admirant son père par-dessus tout et voulant lui faire honneur, fut un écolier si brillant que ses maîtres l'aidèrent à obtenir une bourse. Il put ainsi poursuivre ses études et fut un des rares Français musulmans de l'époque à se présenter au concours d'entrée à l'École normale d'instituteurs. Sorti de l'école dans les premiers rangs, il se montra alors désireux de parfaire ses études en France, mais ne parvint pas à obtenir une seconde bourse. L'inspecteur d'académie lui dit : « Une c'est déjà bien. » Il fut nommé instituteur à Blad-Touaria. Mobilisé dès 1940, il passa avec succès son examen d'élève officier. Décoré de la Légion d'honneur et de la croix de guerre pour faits militaires, il terminera la guerre avec le grade de sous-lieutenant. Il rentrera en Algérie juste à temps pour fermer les yeux de son père. Finira sa carrière comme directeur d'école à Arzew (*p. 62*).

HENRI MADECK, dit RITOU. Né en 1928. Forain. A promené sa bosse à travers la France pendant quarante ans. A possédé successivement : un tir aux pigeons, une baraque de chichis, une grande roue (sa fierté), une baraque de barbe à papa, un ring de catch, un stand de tir à la carabine, et, finalement, un manège de chevaux de bois. Séparé de sa femme (« mais jamais divorcé »), il est retourné dans son village natal où il a inventé la belote à deux dite « belote aux annonces ». Il vit actuellement dans sa caravane en compagnie de trois chiens, quelques poules, et une couleuvre de Montpellier (*p. 63*).

CLOTILDE (SAINTE), 475-545. Reine des Francs. Fille de Chilpéric, roi des Burgondes. Femme de Clovis Ier, elle convertit celui-ci au christianisme (*p. 66*).

CÉLINE SOUDAIN. Née en 1957 à Paris. Père gardien de cimetière. Toute sa petite enfance, elle a joué parmi les tombes. Son père disait : « Au moins ici y'a d'la place et des fleurs partout. » En 1964, il est nommé à Haguenau, un cimetière militaire sans monuments funéraires, sans fleurs, rien que des croix noires alignées à perte de vue. Il pleuvait tout le temps. La seule distraction de Céline, fût, désormais, de se rendre à la ville dans le triporteur de son père. À l'intérieur de l'habitacle exigu et inconfortable de l'engin, qui sentait fort le fer mouillé (car il restait garé sous un auvent prenant la pluie), elle fit pourtant des centaines de voyages plus magnifiques les uns que les autres. Après avoir épousé un boulanger, elle est revenue vivre à Paris. Chaque matin, surtout les jours pluvieux, en levant son rideau de fer, elle pense à Haguenau et au triporteur. Chaque matin, elle se demande pourquoi elle pense à ça (*p. 66*).

DIOUF SÉLIM. Né en 1878. Sénégalais. Tirailleur de deuxième classe durant la guerre de 14-18. Médaille militaire. Épouse Gudrun Ulder en 1919. En 1920 il rentre dans son pays en compagnie de son épouse. Refoulé par sa tribu, de confession islamique, qui n'admet pas son mariage chrétien, il retourne en France où il s'installe à Clichy-sous-Bois. Il travaille comme garçon de café, et ouvre plus tard un bar-PMU à l'enseigne de « La Bamboula ». Toujours en vie. Chaque année, le 14 juillet, il défile avec les anciens combattants sur les Champs-Élysées (*p. 66*).

CÉSAR JULES (101-44 av J.-C). Homme d'État romain. Proconsul de la Gaule Cisalpine, de l'Illyrie et de la Narbonnaise. Après avoir franchi le Rubicon, il se débarrasse de Pompée, installe Cléopâtre sur le trône d'Égypte et gouverne à Rome en tant que consul et dictateur à vie, grand pontife et imperator. Il rétablit l'ordre dans le pays, favorise le peuple et réforme les institutions. Mais, aux ides de mars, il est poignardé par Brutus, du clan des aristocrates. Historien, il rédigea ses *Commentaires de la guerre des Gaules* (*De bello gallico*) (*p. 70*).

GINETTE CINQMARS. Demi-sœur de Christian. Rencontre Bernadette Legrand, fille aînée de Simone et Georges, lors d'un voyage que celle-ci effectue en Amérique du Nord et au cours duquel elle rend visite à son cousin. Coup de foudre, Ginette et Bernadette ne se sépareront plus. Ginette est pharmacienne et Bernadette professeur d'Éducation physique. Elles vivent à Montréal sur la rue Clark (*p. 70*).

JEAN-LOUIS LE PLANTEC. Né en 1925. Magistrat à la retraite. Époux de Sylvie Legrand, professeur de latin et de grec, sœur de Georges, belle-sœur de Simone. Jean-Louis et Sylvie ne s'entendront jamais et n'auront pas d'enfant. Pour des raisons de convenances – ils exercent dans une petite ville de province – ils ne demanderont pas le divorce. À l'époque du voyage de son épouse à Jérusalem il a la douleur de perdre Myriam Céliard, sa maîtresse depuis vingt-deux ans, de laquelle il a eu trois enfants illégitimes. S'est retiré dans le Morbihan (*p. 73*).

MICHEL PLATINI. Footballeur français né en 1955 en Meurthe-et-Moselle. Milieu de terrain. Stratège de l'équipe de France avec laquelle il remporte le Championnat d'Europe en 1984. Joue successivement à Nancy, à Saint-Étienne, et à la Juventus de Milan. Génial tireur de coups francs. Abandonne la carrière de footballeur professionnel en 1987 (*p. 79*).

ATTILA, 395-453. Roi des Huns, peuplade nomade réunissant plusieurs tribus barbares et certaines populations de Haute Asie. Au début du Ve siècle les Huns cantonnent en Pannonie, région d'Europe centrale qui correspond à la Hongrie actuelle. Après avoir tué son frère qui avait été élu roi en même temps que lui, Attila part à la conquête de l'Orient, puis de l'Occident, ravageant tout sur son passage, ne descendant pour ainsi dire jamais de son cheval. Il envahit la Gaule, évite Lutèce où prie sainte Geneviève, se fait battre près de Troyes, aux Champs catalauniques. En dépit de cette défaite, il réforme ses troupes et ravage alors le nord de l'Italie. Le pape Léon Ier le convainc d'arrêter là ses pillages, ce qu'il fait moyennant tribut. Rentre en Pannonie où il meurt un an plus tard. Son empire ne lui survivra pas. (L'auteur de ce texte se questionne : Attila est-il l'inventeur du steak tartare?) (*p. 95*).

HEGEL, 1770-1831. Philosophe allemand. Tente, par la dialectique, de rendre transparente la réalité à la pensée, ce qui le conduit à faire de l'histoire l'œuvre de la raison. Les bouleversements politiques de son temps le passionnent. Il étudie l'histoire religieuse et spirituelle des peuples. Il croit fermement que l'esprit du monde, après avoir surgi en Grèce, a transité à travers plusieurs lieux de l'histoire universelle et a fini par se faufiler en Allemagne, plus particulièrement dans son cabinet de travail. D'après lui, l'histoire peut avoir une fin. *Phénoménologie de l'esprit*, 1807. Ses cours sur la philosophie du droit, de l'histoire, de la religion et sur l'esthétique seront publiés après sa mort (*p. 96*).

JOCELYNE PAOLI. Née en 1963. Son mari portant le nom de Tekles Topaktas, a décidé de garder son nom de jeune fille. Toutefois, depuis la naissance de son fils, elle se demande quel nom son enfant choisira de porter plus tard. Cela la rend, par moments, perplexe (*p. 97*).

MIRA. Chienne, épagneul breton. Date de naissance incertaine. Mourra le 22 août 1990 dans les bras de son nouveau maître : Bernard Grémille (*p. 97*).

ZBIGNIEW RICHLOWSKY. Né en 1929 à Dantzig, dans une famille d'aristocrates. Étudie la musique, obtient un poste de deuxième violon à l'Orchestre philharmonique de Cracovie. Vu ses antécédents familiaux il n'a aucun espoir d'avancement. Désabusé, il sombre carrément dans la médiocrité et légèrement dans la contestation. Cela suffit pourtant à le faire expédier comme mineur de fond en Silésie. À partir de 1981 l'atmosphère se détend en Pologne. Il sort de sa mine, rejoint un de ses amis d'enfance qui vit misérablement dans une masure entourée d'un jardinet (ancienne étable de son domaine familial), et dont l'épouse file la laine et tricote des chandails pour son mari et ses enfants. En 1988, Zbigniew Richlowsky décide d'aller vendre ces chandails à la ville. Il rencontre des musiciens et forme avec eux un petit orchestre de jazz (*p. 108*).

DIMITRI VUTCHAKOFF. Né en 1968 à Tchernobyl. Parents fermiers, six frères, deux sœurs. Sa famille est anéantie dans la catastrophe nucléaire survenue dans sa ville natale. Lui-même est gravement irradié et promis à une mort prochaine. Décidé à profiter le mieux possible du peu de temps qui lui reste à vivre, il se met au service d'un receleur moscovite qui lui fait passer en Pologne de petits bijoux, des pièces d'or, et différents objets de valeurs, produits des rapines soviétiques. Il opère à Cracovie (*p. 108*).

RAYMOND BESAUDIN. Né à Clermont-Ferrand en 1944. Père gendarme. Élevé dans diverses garnisons de province. Scout de France. Secouriste. Licencié ès lettres. En 1967, épouse Véronique Sourdon, fille des meilleurs amis de ses parents. Les événements de 1968 bouleversent ses convictions. Il laisse pousser ses cheveux, devient baba cool et part, avec sa femme, élever des chèvres dans l'Ariège. Ils y resteront dix ans. Quatre enfants leur naissent. Le fromage de chèvre ne suffit pas à les nourrir. D'ailleurs les chèvres, en général, n'ont plus grand intérêt pour lui. Raymond cherche du travail à la ville. Passionné d'écologie, il accepte un poste de professeur d'instruction civique dans un lycée parisien (*p. 115*).

Amants de Mimi :

JACQUES BARBIER, 7 fois. BERNARD DUPREYRE, 3 fois. RENÉ LALONDE, 1 fois. Tous les trois sont professeurs de lettres à l'université de Vincennes.

SERGE RIMACCOTI, chauffeur de taxi, 1 fois, à l'hôtel.

ALEXANDRE TATSIDIS, instructeur de planche à

voile au Club Méditerranée de Djerba, une semaine.

PATRICK SMITH GARETT, philosophe. 4 jours. Au cours d'un colloque sur la mythologie qui se déroule à New York. Mimi y fit une communication sur Egisthe et Clytemnestre.

ANDRÉ LLANSO, viticulteur bordelais, ami d'enfance, marié, père de famille nombreuse. Mimi le rencontre deux fois par an depuis trente ans, quand André monte à Paris pour le Salon de l'Auto et le Salon de l'Agriculture. *(p. 122)*

MÉDÉE. Personnage de la mythologie. Savante et magicienne. Fille du roi de Colchide et nièce de Circé l'enchanteresse. Elle tombe amoureuse de Jason venu dérober la Toison d'or qui appartient à son père. Elle l'aide à commettre son forfait puis s'enfuit avec lui, en compagnie des Argonautes, sur son navire l'*Argo*. Afin de couvrir leur fuite elle fait tuer et couper en morceaux son propre frère. Puis elle empoisonne le roi Pelos. La périlleuse équipée de Médée et de Jason se termine à Corinthe. Mariée devant les dieux à Jason, mère de ses enfants, Médée n'a pourtant aucun droit sur eux. Pour la loi grecque, qui n'admet pas le mariage entre Grec et non-Grec, elle n'est qu'une vulgaire étrangère. Jason, lâchement, profite de cette loi pour épouser la fille de Créon, le roi de Corinthe. Au jour prévu pour les noces, Médée empoisonne Créon, sa fille, tue ses enfants et prédit à Jason quelle sera sa fin : il s'endormira auprès de son navire, alors la belle proue de l'*Argo* se détachera et lui écrasera la tête. Cette prédiction se réalisera. Auparavant elle s'envole avec les cadavres de ses fils sur le char éblouissant que lui a offert son grand-père le Soleil. Elle ira mettre en sûreté le corps de ses enfants dans le temple d'Héra, puis ira rejoindre Égée, le roi d'Athènes, avec lequel elle aura un fils (*p. 124*).

CHEVALIERS TEUTONIQUES. Ordre hospitalier fondé en 1190 lors du siège de Saint-Jean-d'Acre, par les villes de Brême et de Lübeck, afin de soigner les croisés germaniques blessés. Devient un ordre militaire en 1198. À la fois croisés, conquérants, administrateurs, convertisseurs, architectes, les chevaliers teutoniques envahirent la Pologne, la Prusse, la Livonie, la Pomérélie, l'Estonie, la Courlande, etc. Mais leurs expéditions vers l'est furent un échec. Ils furent battus par Alexandre Nevski sur le lac glacé de Tchoudsk. Ils fondèrent des villes : Kronstadt, Königsberg, etc. En 1809 l'ordre fut supprimé en Allemagne par Napoléon Ier. Il subsiste toujours en Autriche, sous la forme d'un ordre de chevalerie ecclésiastique (*p. 130*).

SARAH BACRY, dite MAURICETTE. Née en 1932. Déportée en 1943. A tout subi : les rafles, Drancy, les camps. Elle est un des rares enfants à avoir survécu au génocide. Est morte en 1946, en France, dans sa ville natale. Est enterrée dans un cimetière provençal (*p. 139*).

GEORGES LEGRAND. Né en 1929. Agrégé de grammaire. Épouse Simone de la Besse en 1950. Enseigne la linguistique à Aix-en-Provence (*p. 158*).

DU MÊME AUTEUR

Aux Éditions Julliard :

ÉCOUTEZ LA MER, 1962.
LA MULE DE CORBILLARD, 1964.
LA SOURICIÈRE, 1966.
CET ÉTÉ-LÀ, 1967.

Aux Éditions Grasset :

LA CLÉ SUR LA PORTE, 1972.
LES MOTS POUR LE DIRE, 1975.
AUTREMENT DIT, 1977.
UNE VIE POUR DEUX, 1979.
AU PAYS DE MES RACINES, suivi de AU PAYS DE MOUSSIA, 1980.
LE PASSÉ EMPIÉTÉ, 1983.
LA MÉDÉE D'EURIPIDE (théâtre), 1986.
LES GRANDS DÉSORDRES, 1987.

Aux Éditions Belfond :

LES PIEDS-NOIRS, 1988.

Dans Le Livre de Poche

Autobiographies, biographies, études...
(Extrait du catalogue)

Arnothy Christine
  J'ai 15 ans et je ne veux pas mourir.
Badinter Elisabeth
  Emilie, Emilie. L'ambition féminine
    au XVIIIe siècle (*vies de Mme du Châtelet, compagne de Voltaire, et de Mme d'Epinay, amie de Grimm*).
Badinter Elisabeth et Robert
  Condorcet.
Baez Joan
  Et une voix pour chanter...
Behr Edouard
  Hiro-Hito, l'empereur ambigu.
Bled Edouard
  J'avais un an en 1900.
Bodard Lucien
  Anne Marie (*vie de la mère de l'auteur*).
Bona Dominique
  Les Yeux noirs (*vie des filles de José Maria de Heredia*).
Borer Alain
  Un sieur Rimbaud.
Bourin Jeanne
  La Dame de Beauté (*vie d'Agnès Sorel*).
  Très sage Héloïse.
Bramly Serge
  Léonard de Vinci.
Bredin Jean-Denis
  Sieyès, la clé de la Révolution française.
Buffet Annabel
  D'amour et d'eau fraîche.
Canetti Elias
  Histoire d'une jeunesse : La Langue sauvée (*1905-1921*).
  Histoire d'une vie : Le Flambeau dans l'oreille (*1921-1931*).
  Histoire d'une vie : Jeux de regard (*1931-1937*).

Carles Emilie
Une soupe aux herbes sauvages.

Černá Jana
Vie de Milena *(L'Amante) (vie de la femme aimée par Kafka)*.

Castans Raymond
Marcel Pagnol

Champion Jeanne
Suzanne Valadon ou la recherche de la vérité.
La Hurlevent *(vie d'Emily Brontë)*.

Charles-Roux Edmonde
L'Irrégulière *(vie de Coco Chanel)*.
Un désir d'Orient *(jeunesse d'Isabelle Eberhardt, 1877-1899)*.

Chase-Riboud Barbara
La Virginienne *(vie de la maîtresse de Jefferson)*.

Chateaubriand
Mémoires d'outre-tombe, t. 1 à 3.

Chevallier Bernard interroge
L'Abbé Pierre. Emmaüs ou venger l'homme.

Clément Catherine
Vies et légendes de Jacques Lacan.
Claude Lévi-Strauss ou la structure et le malheur.

Contrucci Jean
Emma Calvé, la Diva du siècle.

Darmon Pierre
Gabrielle Perreau, femme adultère *(la plus célèbre affaire d'adultère du siècle de Louis XIV)*.

David Catherine
Simone Signoret.

Delbée Anne
Une femme *(vie de Camille Claudel)*.

Desanti Dominique
Sacha Guitry, cinquante ans de spectacle.

Deschamps Fanny
Monsieur Folies-Bergère.

Dietrich Marlène
Marlène D.

Dormann Geneviève
Le Roman de Sophie Trébuchet *(vie de la mère de Victor Hugo)*.
Amoureuse Colette.

Douglas Kirk
Le Fils du chiffonnier.
Eribon Didier
Michel Foucault.
Flem Lydia
Freud et ses patients.
Frank Anne
Journal.
Girardot Annie
Vivre d'aimer.
Giroud Françoise
Une femme honorable (*vie de Marie Curie*).
Goldman Albert
John Lennon.
Halliday Desta
Johnny, ses tendres années.
Hanska Evane
La Romance de la Goulue.
Higham Charles
La scandaleuse duchesse de Windsor.
Jamis Rauda
Frida Kahlo.
Junger Ernst
Jardins et routes (*Journal I, 1939-1940*).
Premier journal parisien (*Journal II, 1941-1943*).
Second journal parisien (*Journal III, 1943-1945*).
La Cabane dans la vigne (*Journal IV, 1945-1948*).
Orages d'acier.
Kafka Franz
Journal.
Lacouture Jean
Champollion. Une vie de lumières.
Lange Monique
Cocteau, prince sans royaume.
Levenson Claude B.
Le Seigneur du Lotus blanc. Le Dalaï-Lama.
Lever Maurice
Isadora (*vie d'Isadora Duncan*).
Loriot Nicole
Irène Joliot-Curie.

Lunel Pierre
  L'Abbé Pierre, l'insurgé de Dieu.
Maillet Antonine
  La Gribouille.
Mallet Francine
  George Sand.
Mauriac Claude
  Le Temps immobile, t. 1 à 8.
Mehta Gita
  La Maharani (*vie de la princesse indienne Djaya*).
Michelet Jules
  Portraits de la Révolution française.
Miles Keith et **Butler** David
  Marco Polo.
Miller Arthur
  Au fil du temps.
Miller Henry
  Sexus.
  Plexus.
  Nexus.
Monnet Jean
  Mémoires.
Monteilhet Hubert
  La Pucelle.
Moussa Pierre
  La Roue de la fortune (*souvenirs d'un financier*).
Mouloudji
  Le Petit Invité.
Navarre Yves
  Biographie, t. 1 et 2.
Nay Catherine
  Le Noir et le Rouge.
  Les Sept Mitterrand.
Nin Anaïs
  Journal, t. 1 (*1931-1934*), t. 2 (*1934-1939*), t. 3 (*1939-1944*), t. 4 (*1944-1947*).
Pernoud Régine
  Héloïse et Abélard.
  Aliénor d'Aquitaine.

La Reine Blanche (*vie de Blanche de Castille*).
Christine de Pisan.

Peyrefitte Roger
Tableaux de chasse ou la vie extraordinaire de Fernand Legros.
La Jeunesse d'Alexandre, t. 1 et 2.

Régine
Appelle-moi par mon prénom.

Renan Ernest
Marc Aurèle ou la fin du monde antique.

Rihoit Catherine
Brigitte Bardot, un mythe français.

Roger Philippe
Roland Barthes, roman.

Rousseau Jean-Jacques
Les Confessions, t. 1 et 2.

Rousseau Marie
A l'ombre de Claire.

Roy Jules
Guynemer.

Russel Ross
Bird (*vie de Charlie Parker*).

Sadate Jehane
Une femme d'Egypte *(vie de l'épouse du président Anouar El-Sadate)*.

Salgues Yves
L'Héroïne. Une vie.
Gainsbourg ou la provocation permanente.

Schnitzler Arthur
Une jeunesse viennoise.

Signoret Simone
Adieu Volodia.

Simiot Bernard
Moi Zénobie, reine de Palmyre.

Spada James
Grace. Les vies secrètes d'une princesse *(vie de Grace Kelly)*.

Stassinopoulos Huffington Arianna
Picasso, créateur et destructeur.

Stéphanie
Des cornichons au chocolat.

Suétone
  Vies des douze Césars.
Sweetman David
  Une vie de Vincent Van Gogh.
Thurman Judith
  Karen Blixen.
Todd Olivier
  Jacques Brel, une vie.
Troyat Henri
  Maupassant.
Vadim Roger
  D'une étoile l'autre (*Brigitte Bardot, Catherine Deneuve, Jane Fonda*).
Verneuil Henri
  Mayrig (*vie de la mère de l'auteur*).
Vichnevskaïa Galina
  Galina.
Vlady Marina
  Vladimir ou le vol arrêté.
Walesa Lech
  Un chemin d'espoir.
Yourcenar Marguerite
  Les Yeux ouverts (*entretiens avec Matthieu Galey*).
Zitrone Léon
  Big Léon.

Dans la collection « Lettres gothiques » :
  Journal d'un bourgeois de Paris (*écrit entre 1405 et 1449 par un Parisien anonyme*).

IMPRIMÉ EN FRANCE PAR BRODARD ET TAUPIN
Usine de La Flèche (Sarthe).
LIBRAIRIE GÉNÉRALE FRANÇAISE - 6, rue Pierre-Sarrazin - 75006 Paris.

ISBN : 2 - 253 - 05918 - 8   ✦ 30/7386/3